EX LIBRIS

Aus der Bibliothek von:

Die drei !!!

Henriette Wich

Die drei !!!

Duell der Topmodels

Kosmos

Umschlagillustration von Ina Biber, München
Umschlaggestaltung von Friedhelm Steinen-Broo, eSTUDIO CALAMAR

Unser gesamtes lieferbares Programm und viele weitere Informationen zu unseren Büchern, Spielen, Experimentierkästen, DVDs, Autoren und Aktivitäten findest du unter **kosmos.de**

Weitere Bände dieser Reihe siehe S. 145

Gedruckt auf chlorfrei gebleichtem Papier

ISBN 978-3-440-13624-9

Redaktion: Silke Arnold
Produktion: DOPPELPUNKT, Stuttgart
Printed in the Czech Republic/Imprimé en République tchèque

Die drei !!!

Duell der Topmodels

Wirbel im Einkaufszentrum

»Wenn ihr hier nichts findet, seid ihr wirklich selber schuld!«, sagte Marie und lief mit ausgebreiteten Armen durch die automatische Glastür des Einkaufszentrums.

Franzi hakte sich gut gelaunt bei ihrer Freundin unter. »Ist echt nett von dir, dass du dein Taschengeld mit uns teilst! Ich war schon ewig nicht mehr shoppen.«

»Ich auch nicht«, seufzte Kim und betrachtete kritisch ihr Outfit in der Fensterscheibe eines Schmuckgeschäfts. Ihrer Lieblingsjeans sah man es leider an, dass sie fast täglich getragen wurde, und ihr rotes Top war auch schon mal farbenfroher gewesen. »Womit haben wir eigentlich deine Großzügigkeit verdient?«, fragte sie.

Marie runzelte die Stirn. »Wenn ich es mir recht überlege … Stimmt! Eigentlich habt ihr es gar nicht verdient! Ihr habt schon seit fast zwei Monaten keinen neuen Fall mehr an Land gezogen. Wie stellt ihr euch überhaupt die Zukunft der drei !!! vor? Könnt ihr mir das mal verraten? So werden wir nie ein professioneller Detektivclub!« Maries Stimme war immer lauter geworden. Am Ende klang sie richtig aggressiv.

Kim und Franzi zuckten zusammen. Dann rief Franzi empört: »Was soll das denn jetzt? Dasselbe könnten wir genauso gut dir vorwerfen.«

»Allerdings!«, stimmte Kim zu und sah Marie angriffslustig an.

Die prustete plötzlich los. »War doch nur ein Scherz! Ihr könnt euch wieder abregen.«

»Sehr witzig«, grunzte Franzi, aber als Kim anfing zu kichern, musste sie auch grinsen.
Kein Wunder, dass Marie später mal Schauspielerin oder Sängerin werden wollte. Sie hatte bereits jetzt ziemlich viele Showbiz-Tricks auf Lager, die sie auch bei den Ermittlungen der drei !!! schon öfter erfolgreich eingesetzt hatte.
Marie warf schwungvoll ihre langen blonden Haare nach hinten. »Habt ihr mir verziehen? Ist wieder alles okay? Super! Dann können wir ja loslegen. Ich brauche unbedingt einen neuen Bikini. Den vom letzten Sommer kann ich vergessen.«
Kim und Franzi verdrehten genervt die Augen. Im Gegensatz zu ihnen konnte Marie es sich leisten, dauernd shoppen zu gehen. Maries Vater war ziemlich berühmt und verdiente mit seiner Rolle als Kommissar Brockmeier in der Vorabendserie *Vorstadtwache* entsprechend gut. Außerdem liebte er seine Tochter über alles und verwöhnte sie mit einem üppigen Taschengeld, von dem zum Glück auch Kim und Franzi ab und zu profitierten.
»Wo bleibt ihr?«, fragte Marie. »Wir wollten doch shoppen?«
»Wir kommen!«, rief Kim und sprintete mit Franzi los.

Zwei Stunden später ließen sich die drei !!! mit ihren prallvollen Einkaufstüten in die Sessel des Eiscafés sinken. Sie hatten sämtliche Läden im Einkaufszentrum abgeklappert, aber die Anstrengung hatte sich gelohnt. Marie hatte statt einem gleich zwei Bikinis gekauft, einen in Pink und einen in Blau mit weißen Streifen. Franzi war bei einer coolen Skaterhose schwach geworden und Kim hatte eine neue Jeans entdeckt, die ihr noch besser als die alte Lieblingsjeans gefiel.

»Mann, hab ich einen Durst!«, rief Franzi. »Jetzt brauch ich erst mal eine Cola.«
»Gute Idee«, sagte Marie.
Kim schloss sich ihren Freundinnen an. Da der Kellner nicht gleich kam, blätterte sie durch die Eiskarte. »Hmm, sieht das alles lecker aus! Zum Beispiel dieser Schokobecher mit Amarenakirschen und Kokosraspeln …« Sofort lief ihr das Wasser im Mund zusammen, aber dann dachte sie wieder an ihre neue Jeans und die Pölsterchen an ihren Hüften und klappte die Karte schnell zu. »Ich hab heute schon einen Schokoriegel verdrückt, das muss reichen!«
»Sei doch nicht immer so streng zu dir!«, sagte Franzi. »Du siehst toll aus. Ich mag jedes Gramm an dir.«
»Ich auch«, sagte Marie. »Außerdem brauchst du Süßigkeiten als Nervennahrung. Schließlich bist du der Kopf unseres Detektivclubs. Ohne deinen brillanten logischen Verstand wären wir total aufgeschmissen.«
Kim wurde rot. »Übertreib doch nicht so …«
»Ich übertreibe überhaupt nicht«, sagte Marie. Dann griff sie zur Eiskarte und grinste. »Mädels, heute lassen wir es krachen! Ich spendier euch den großen Freundschaftsbecher.«
Bei so viel Großzügigkeit waren Kim und Franzi machtlos. Als der Becher kam, tauchten sie gleichzeitig ihre Löffel in die köstliche Kreation aus Erdbeer-, Vanille- und Schokoeis, frischen Früchten, Sahne und Kokosraspeln.
Franzi war als Erste satt und stieß einen wohligen Seufzer aus. »Also meinetwegen könnten die Sommerferien genauso weitergehen: Eis essen, shoppen, ab und zu ein bisschen ska-

ten und reiten – und mit euch zelten natürlich. Ich freu mich schon total auf unsere Zeltwoche Anfang August.«
»Ich auch«, sagte Kim, während sie die Sahnereste vom Rand kratzte. »Aber noch mehr würde ich mich freuen, wenn wir endlich wieder einen neuen Fall hätten.«
Marie nickte. »Ich hab schon richtig Entzugserscheinungen. Seit wir das Geheimnis der Nebelmühle gelüftet haben, ist absolut tote Hose. Es wird echt höchste Zeit für unseren 15. Fall.«
Manchmal konnte sie es selber kaum glauben, dass die drei !!! bereits 14 Fälle gelöst hatten. Dabei hatten sie es schon mit diversen Verbrechern zu tun gehabt: Betrügern, Einbrechern, Erpressern, Schmugglern und Grabräubern. Inzwischen waren sie richtige Profis und arbeiteten mit ausgefeilten Techniken und Hilfsmitteln: mit Gips für Fuß- und Reifenspuren und einem Fingerabdruck-Set, mit Taschenlampen und Lupe, mit Digitalkamera und Aufnahmegerät. Aber was nützte ihnen die ganze tolle Ausrüstung, solange sie keinen Fall an der Angel hatten?
»Dabei wären die Sommerferien ideal für uns«, sagte Franzi. »Wir hätten genug Zeit und würden nicht dauernd durch die doofe Schule von den Ermittlungen abgehalten.«
Kim seufzte. »Stimmt! Endlich keine Konflikte und kein nerviges Hin und Her zwischen Schule, Detektivarbeit und der Liebe.«
Beim Wort »Liebe« wurde Marie hellhörig. »Ich dachte, du hast dich längst mit Michi ausgesöhnt? Er hat doch eingesehen, dass der Detektivclub im Zweifelsfall vorgeht und du auch mal ein Date mit ihm absagen musst, oder?«

»Schon …«, sagte Kim, aber es klang nicht besonders überzeugend. »Ich hab trotzdem oft ein schlechtes Gewissen. Ich weiß einfach nicht, ob Michi auf Dauer mit meinem Job als Detektivin klarkommt. Natürlich ist das Quatsch, aber manchmal hab ich echt Angst, dass ich ihn verlieren könnte.«
Marie spürte, wie eine warme Welle Mitleid sie überflutete. »Das versteh ich total. Vielleicht tröstet es dich ja ein bisschen: Ich hab auch manchmal Angst, Holger zu verlieren. Zwischen uns steht nicht nur der Detektivclub, uns trennen auch noch dauernd diese bescheuerten 25 Kilometer. Aber ich bin selbst schuld. Warum musste ich mich auch ausgerechnet in einen Jungen verlieben, der in Billershausen wohnt?«
Kim lachte. »Ganz einfach: Weil er genau der Richtige für dich ist!«
Marie wurde warm uns Herz. Sie machte die Augen zu und plötzlich war Holger ganz nah bei ihr. Sie hörte seine tiefe Stimme, sein Lachen, sie sah seine pechschwarzen Haare und seine wunderschönen grünen Augen … Es tat unheimlich gut, an ihn zu denken, aber gleichzeitig tat es auch unheimlich weh. Marie machte die Augen wieder auf und räusperte sich. Dann lächelte sie Franzi an. »Erzähl du doch mal von dir! Geht es dir immer noch so super als Single?«
Franzi, die gerade noch mit Kim gelacht hatte, schüttelte auf einmal düster den Kopf. »Geht so …« Dann biss sie sich auf die Lippen und schwieg.
Marie und Kim tauschten einen besorgten Blick. Bis vor Kurzem war Franzi noch total happy gewesen. Seit sie sich von Benni getrennt hatte, weil sie nicht mehr verliebt in ihn

gewesen war, waren die beiden wieder wie früher beste Freunde und Skaterkumpel.
»Was ist passiert?«, fragte Kim.
Franzi schluckte. Dann sagte sie leise: »Benni hat schon zweimal abgesagt beim Skaten. Und jedes Mal war er so komisch am Telefon.«
»Frag ihn doch einfach, was los ist«, schlug Marie vor. »Vielleicht hat es gar nichts mit dir zu tun.«
»Ja, vielleicht …«, murmelte Franzi. Mehr wollte sie anscheinend nicht sagen.
Am liebsten hätte Kim nachgehakt, aber sie verkniff es sich lieber und drückte nur kurz Franzis Hand. Danach sagte sie laut in die Runde: »Warum ist es immer so kompliziert mit den Jungs? Die Detektivarbeit ist viel einfacher.« Zur Bekräftigung trommelte sie auf die Tischplatte und sagte laut: »Ausrufezeichen, Ausrufezeichen, Ausrufezeichen!«
Da wurde sie plötzlich von einem Mädchen angerempelt. Es quetschte sich mit seiner Clique ausgerechnet am Tisch der drei !!! vorbei. Kim war erst mal sprachlos, aber Marie fuhr die Mädchen an: »He! Könnt ihr nicht aufpassen?«
Keine Reaktion, geschweige denn eine Entschuldigung. Die Clique lief einfach kichernd weiter. Kaum waren sie weg, rückten die nächsten Mädchen an. Verwundert drehten sich die drei !!! um. Sie waren so in ihr Gespräch vertieft gewesen, dass sie gar nicht gemerkt hatten, wie immer mehr Menschen ins Einkaufszentrum geströmt waren. Es wimmelte nur so von Besuchern, vor allem von jungen Mädchen.
»Was wollen die bloß alle hier?«, wunderte sich Kim. »Hab ich was verpasst? Gibt es irgendwo was umsonst?«

»Keine Ahnung«, sagte Marie. Sie verstand auch nicht, was den Massenansturm ausgelöst hatte und warum alle ein gemeinsames Ziel zu haben schienen: den großen Lounge-Bereich hinter dem Eiscafé. Dort gab es nämlich außer Knautschsesseln und Bänken nur ein paar knallgrüne künstliche Pflanzen in Kübeln.

Franzi schlug sich mit der Hand gegen die Stirn. »Jetzt weiß ich's! Heute findet doch dieses Sammelcasting für die Modelshow statt! Chrissie hat vor ein paar Tagen im Internet den Aufruf gelesen und ist seither total aus dem Häuschen. Ihr ist echt nicht zu helfen. Sie glaubt immer noch felsenfest, dass sie als Model ganz groß rauskommt.«

Kim musste grinsen. Ein Problem hatte Franzis große Schwester wenigstens nicht: Sie litt garantiert nicht an Minderwertigkeitskomplexen. Allerdings nützte ihr das nicht wirklich. Schon damals, als die drei !!! beim Popstar-Casting ermittelt hatten, hatte sie sich total euphorisch beworben, aber gnadenlos versagt, weil sie im Gegensatz zu Marie überhaupt nicht singen konnte.

Plötzlich stutzte Kim. »Sag mal, Marie: Du bist doch sonst immer so gut informiert. Stand in deiner Mädchenzeitschrift nichts von dem Aufruf?«

»Doch, klar«, sagte Marie. »Die *Sweet* hat schon vor einem Monat zu dem Casting aufgerufen. Die Show soll auf *Kidstime* gesendet werden, angeblich hat die Staffel sogar zwölf Folgen. Die ziehen das richtig groß auf.«

»Und?«, fragten Kim und Franzi wie aus einem Mund.

»Nichts und«, sagte Marie. »Ich hab es gelesen und gleich wieder vergessen.«

Kim und Franzi verstanden die Welt nicht mehr. Marie hatte den Aufruf gelesen und sich nicht sofort beworben?
»Du lässt dir so eine Chance wirklich einfach entgehen?«, fragte Franzi.
Marie winkte lässig ab. »Von wegen große Chance! Die Modelbranche ist doch total hohl und oberflächlich. Da bist du nur eine Kleiderstange für die Fotografen. Ich will später mal eine ernsthafte Schauspielerin werden – oder eine richtig gute Sängerin.«
»Klar«, sagte Kim. »Aber das eine schließt das andere doch nicht aus. Haben nicht viele berühmte Schauspielerinnen früher als Model gearbeitet? Marilyn Monroe zum Beispiel oder … oder …« Ihr fielen leider keine aktuelleren Namen ein, wobei Marie sich ohnehin nicht dafür zu interessieren schien.
Da klopfte Franzi Marie auf die Schulter. »Du hast ja so was von recht! Für mich wär das sowieso nichts. Stell dir bloß den nervigen Zickenkrieg vor und die ewige Warterei und die Tonnen von Schminke, mit denen sie dein Gesicht zukleistern. Da freuen sich die Pickel und Mitesser!«
Kim musste kichern. »Von der Seite hab ich es noch gar nicht gesehen. Was mich immer so aufregt bei den Models, ist dieser eklige Schlankheitswahn. Manchen Mädchen würde ich am liebsten heimlich eine Tafel Schokolade zustecken, weil sie so verhungert …«
Weiter kam sie nicht, weil plötzlich eine topgestylte Frau in High Heels auf sie zustöckelte und sich vor Marie aufbaute. »Das gibt's doch nicht! Nein, das glaub ich jetzt einfach nicht.«

Marie zog gelangweilt ihre linke Augenbraue hoch. »Was glauben Sie nicht?«
Die Frau ging nicht auf Maries Frage ein. Sie klatschte in die Hände, brachte die dünnen, goldenen Reifen an ihren Armgelenken zum Klirren und rief immer wieder: »Nein, das gibt's nicht, das gibt's wirklich nicht!«
Kim nutzte die Zeit, um sich die Personenbeschreibung der Frau einzuprägen. Das machte sie mittlerweile ganz automatisch, weil man nie wissen konnte, ob jemand später ein Verdächtiger oder Zeuge in einem Fall sein würde. Die Frau war Anfang 30, ungefähr 1,75 Meter groß und ziemlich attraktiv. Sie hatte glatte rote Haare, die ihr als schimmernde Pracht über den Rücken flossen. Ihr Gesicht war herzförmig und sehr schmal, genau wie ihr übriger Körper. Kim schätzte, dass die Frau höchstens Kleidergröße 36 trug, wenn nicht sogar 34.
Später würde Kim die Personenbeschreibung in ihr Detektivtagebuch eintragen, das sie immer mit sich herumtrug. Das Heft war inzwischen ganz schön abgegriffen, aber ihr größter Schatz – neben den geheimen Dateien in ihrem Computer natürlich, wo sie ebenfalls ein Detektivtagebuch führte.
Je länger die Frau ihre entzückten Schreie losließ, umso genervter wurde Marie. »Was wollen Sie eigentlich von mir? Wer sind Sie überhaupt?«
Die Frau ließ ein perlendes Lachen los. »Aber Marie! Wie kannst du so etwas fragen? Wir kennen uns doch!«
Sosehr Marie in ihrem Gedächtnis kramte, sie konnte sich an diese Frau absolut nicht erinnern. Vielleicht war sie ja ir-

gendein verrückter Fan der drei !!!, die über ihre Tochter von dem Detektivclub gehört oder in der Zeitung einen Artikel über sie gelesen hatte?
Die Frau machte einen Schmollmund. »Marie! Marie Grevenbroich! Das kannst du mir nicht antun! Du kannst dich wirklich nicht mehr erinnern? Wie schade! Dabei haben wir uns doch so nett unterhalten, damals, bei der Party deines Vaters. Ich werde diesen wunderbaren Abend vor einem Jahr nie vergessen. Die laue Sommernacht, die coole Musik des Barpianisten, die Drinks und das Glitzern des Wassers im Pool auf eurer Dachterrasse …«
Plötzlich blitzte aus dem hintersten Winkel von Maries Gedächtnis ein heller Funke auf. »Ach Sie sind das! Wie war gleich noch mal Ihr Name?«
»Annabelle Winter«, sagte die Frau und lächelte, »aber Freundinnen wie du dürfen gern Annabelle zu mir sagen.«

Ein unglaubliches Angebot

Nachdem Maries Gedächtnis erst mal in Schwung gekommen war, fiel ihr auch der Rest wieder ein: Annabelle Winter hatte damals auf der Party ihres Vaters tatsächlich immer einen Drink in der Hand gehabt und mindestens drei männliche Verehrer an ihrer Seite. Kein Wunder, mit ihren roten Haaren war sie ja auch eine aparte Erscheinung. Außerdem strahlte sie das Selbstbewusstsein einer erfolgreichen Geschäftsfrau aus: Annabelle Winter war nämlich die Chefin der größten Modelagentur in der Stadt.

»Schön, dich zu sehen!«, rief Annabelle. »Ich dachte mir schon, dass du dir das Casting nicht entgehen lässt. Hast du dich …«

»Ich mache nicht mit beim Casting«, unterbrach Marie sie.

Annabelle Winter fiel aus allen Wolken. »Was soll das heißen? Bist du verrückt? Du *musst* mitmachen!«

Marie hatte es noch nie leiden können, wenn andere Menschen ihr sagten, was sie tun sollte. Das empfand sie immer als persönlichen Angriff auf ihre Freiheit. Deshalb reagierte sie entsprechend kühl. »So, ich bin also verrückt?«

»Nein, natürlich nicht«, sagte Annabelle. »So hab ich das doch gar nicht gemeint. Sind das deine Freundinnen, Marie? Sehr schön, freut mich. Bitte helft mir, Marie zu überzeugen. Ihr findet doch auch, dass sie die perfekte Kandidatin ist, oder?«

»Äh …«, machte Franzi und Kim nickte nur.

»Na also!«, rief Annabelle triumphierend. Dann musterte sie

Maries Outfit und nickte anerkennend. »Du hast ein unglaublich gutes Gespür für Mode. Wie du dieses weiße Basic-Sommerkleid mit den langen Muschelketten kombiniert hast – und dazu die coole Kappe und den eleganten XXL-Shopper! Besser hätte es ein Pariser Designer auch nicht stylen können.«

»Ach, das hab ich nur schnell übergeworfen«, sagte Marie.

Kim und Franzi kicherten. Immer wenn Marie behauptete, sie hätte nur wahllos in ihren Kleidschrank gegriffen, hatte sie in Wirklichkeit ein zweistündiges Wellness- und Stylingprogramm hinter sich.

»Aber weißt du, was mich noch viel mehr umhaut?«, sagte Annabelle zu Marie. »Dein Körper! Du hast die idealen Modelmaße, das seh ich auf einen Blick. Und das Schöne daran ist: Du bist nicht so knochig wie die Magermodels aus Paris. Und du bist absolut natürlich, hast eine irre Ausstrahlung und siehst aus wie sechzehn, obwohl du in Wirklichkeit erst – lass mich raten – dreizehn bist?«

»Ich bin vierzehn«, sagte Marie und lächelte zum ersten Mal, seit die Agentin zum Tisch der drei !!! gekommen war. »Aber Sie sollten nicht lauter solche Sachen sagen …«

Kim und Marie kannten den Augenaufschlag ihrer Freundin viel zu gut, um zu wissen, dass sie sich genau das Gegenteil wünschte. Prompt ging ihr Wunsch in Erfüllung. Annabelle überschüttete Marie mit noch mehr Komplimenten: dass sie genau der Typ sei, der im Modelbusiness gerade gefragt sei, dass sie große Chancen hätte, unter die letzten drei Kandidatinnen zu kommen, wenn sie nicht sogar das große Los zog und einen Exklusivvertrag bei ihrer Agentur gewann.

Mit jedem Wort schmolz Maries Widerstand dahin wie die letzten Eisreste im Freundschaftsbecher. Sie spielte mit einer blonden Haarsträhne und sagte so cool wie möglich: »Also eigentlich ist die Modelbranche wirklich nicht mein Ding, aber wenn du unbedingt darauf bestehst, dass ich mitmachen soll, will ich dich nicht enttäuschen!«
Annabelle hauchte Marie zwei Luftküsschen auf die Wangen. »Du wirst es nicht bereuen! Deine Freundinnen werden stolz auf dich sein. Stimmt's oder hab ich recht?«
»Äh … klar«, sagte Kim, konnte sich aber noch nicht wirklich für Marie freuen. Eben war sie doch noch felsenfest davon überzeugt gewesen, dass die Modelbranche hohl sei, und jetzt hatte sich ihre Meinung um 180 Grad gedreht. »Willst du es dir nicht noch mal überlegen?«, fragte Kim.
Marie zupfte selbstverliebt an ihrem perfekt gestylten Sommerkleid. »Nicht nötig!«
Franzi machte einen letzten Versuch und zeigte auf die Mädchen im Hintergrund, die schon jetzt den Konkurrenzkampf eröffnet hatten und sich mehr oder weniger offen angifteten. »Hast du wirklich Lust auf den Zickenterror?«
»Ach …«, sagte Marie. »So schlimm wird der schon nicht werden. Ich hab ein dickes Fell.«
Da gaben Kim und Franzi es auf. Marie war nicht mehr zu bremsen.
»Komm!«, sagte Annabelle. »Ich zeig dir, wo du die Bewerbungsunterlagen ausfüllen und ein kleines Video von dir aufnehmen kannst.«
»Ein Video?«, fragte Marie. »Aber ich bin doch gar nicht vorbereitet!«

»Umso besser«, sagte Annabelle. »Dann kommst du ganz natürlich rüber. Vertrau mir und sei einfach nur du selbst.«
»Okay …«, sagte Marie. Für einen Moment schwankte sie, ob es wirklich so eine gute Idee gewesen war, sofort zuzusagen. Sie konnte mit Lampenfieber zwar gut umgehen, aber nur, wenn sie alles unter Kontrolle hatte, und die Sache hier lief ihr eindeutig aus dem Ruder.
Aber es war zu spät. Annabelle hakte sich einfach bei ihr unter und schob sie mitten ins größte Gewühl der Mädchen zu einem Tisch, hinter dem zwei Assistentinnen die Bewerbungsbögen verteilten. Unruhig sah sich Marie nach Kim und Franzi um, aber sie waren in der Menge verschwunden.
Annabelle drückte Marie einen Bewerbungsbogen in die Hand. »Hier kannst du deine Daten eintragen. Wir brauchen natürlich auch noch die Einverständniserklärung deines Vaters.«
Marie nickte. »Das dürfte kein Problem sein.«
»Hast du's gut«, sagte Kim, die sich zusammen mit Franzi zu Marie durchgeboxt hatte. »Meine Mutter würde ausrasten und sofort Horrorszenarien entwerfen: dass meine Versetzung durch das Casting gefährdet sei und ich später nie, nie mehr einen Job finden würde!«
Marie musste lachen und plötzlich fiel die ganze Anspannung von ihr ab. Warum regte sie sich eigentlich auf? Sie hatte nichts zu verlieren. Am besten betrachtete sie das Ganze als ein Spiel und hatte einfach Spaß daran.
»Bist du bereit?«, fragte Annabelle. »Ich hab gerade mit dem Kameramann gesprochen. Er kann deine Videoaufnahme schnell dazwischenschieben.«

Marie ignorierte, dass ihr Herz anfing zu rasen, und sagte mit einem strahlenden Lächeln: »Super! Wo ist die Kamera?«
Kim und Franzi begleiteten Marie zu der provisorischen Bühne, die das Team der Castingshow aufgebaut hatte, und drückten fest die Daumen. Wenn Marie schon unbedingt mitmachen wollte, sollte sie auch gewinnen!
Von einer Sekunde auf die nächste verwandelte Marie sich vom Freizeitgirl zum Showgirl. »Hi, ich bin Marie Grevenbroich und will Topmodel werden. Warum? Ich *liebe* Mode! Jedes Kleid, jedes Outfit ist eine neue, spannende Rolle, in die ich hineinschlüpfen kann. Ich zeig total gern meine Facetten. Das hab ich in meinen Schauspiel-Workshops gelernt – und beim Singen auf der Bühne. Aber das sind längst nicht alle meine Hobbys. Ohne meine Aerobic- und Yogaeinheiten bin ich nur ein halber Mensch und eine Woche ohne Joggen geht gar nicht. Ich liebe meinen Körper. Er ist mein Kapital, und das pflege ich auch. Also, Leute! Wir sehen uns – ganz bald, live im Fernsehen, bei *Kidstime*. Ciao!«

Als Marie eine Woche später zu Franzis Elternhaus hinausradelte, konnte sie es kaum erwarten, endlich im Hauptquartier der drei !!! zu sein. Die letzten Meter auf dem Schotterweg gab sie noch mal richtig Gas. Schwungvoll bog sie in den Hof ein, stellte ihr Rad an der Hauswand ab und sprintete hinüber zum alten Pferdeschuppen.
Von außen sah er völlig harmlos aus. Kein Mensch hätte dahinter die Geheimzentrale eines Detektivclubs erwartet. Auch von innen wirkte der Schuppen eher wie ein gemütlich hergerichtetes Zimmer zum Abhängen und Musikhören,

doch der Eindruck täuschte. Im silbernen Bürocontainer verbargen sich streng geheime Unterlagen zu den einzelnen Fällen und die Detektivausrüstung. Kim und Franzi saßen bereits am Tisch und knabberten Schokoladenkekse.
»Lasst alles stehen und liegen und kommt mit mir in die Pferdekutsche!«, sagte Marie.
Sofort sprang Franzi auf. »Oberste Geheimstufe? Alles klar!«
»Du machst es aber spannend!«, sagte Kim. Dann kletterte sie schnell mit Franzi in die blaue Kutsche, die sie in den Anfangszeiten des Clubs mit bunten Ausrufezeichen bemalt hatten.
Sorgfältig klappte Marie das Verdeck zu, damit auch ja keine Geräusche nach draußen drangen, und raunte Kim und Franzi zu: »Heute hab ich einen echten Knaller für euch.«
»Erzähl schon!«, rief Franzi. »Worum geht es? Einbruch, Bestechung, Brandstiftung?«
Marie schüttelte den Kopf und grinste.
»Was denn dann?«, fragte Kim. »Hat der Fall etwa was mit Holger zu tun?«
Jetzt lachte Marie schallend. »Nein, ihr seid völlig auf dem falschen Dampfer. Es geht nicht um einen neuen Fall, es geht auch nicht um die Liebe. Diesmal geht es um …«, sie holte tief Luft und sagte die letzten beiden Worte extra feierlich: »… meine Karriere!«
Kim und Franzi starrten sie entgeistert an.
»Wie? Was?«, fragte Kim perplex. »Was meinst du damit?«
Marie zog einen Briefumschlag aus ihrer Tasche und wedelte damit vor den Augen ihrer Freundinnen herum. »Dreimal dürft ihr raten, was das ist!«

»Jetzt sag schon endlich!«, drängte Franzi.
Marie strahlte Kim und Franzi an. »Ich bin dabei! Ich hab die Zusage für die Modelshow!«
Sie wartete auf den Jubel, aber Kim und Franzi machten bloß angesäuerte Gesichter.
»Was habt ihr denn?«, fragte Marie. »Gönnt ihr mir etwa den Erfolg nicht? Ich dachte, wir sind Freundinnen und teilen alles.«
»Das dachten wir ehrlich gesagt auch«, sagte Kim. »Bis vor einer Woche.«
»Bis vor einer Woche?«, fragte Marie. Im Einkaufszentrum waren Kim und Franzi doch noch total stolz auf sie gewesen und hatten extra Daumen gedrückt.
»Seid ihr jetzt neidisch, oder was?«, fragte sie.
Franzi stieß einen verächtlichen Laut aus. »Neidisch? Nicht die Bohne. Wir haben uns nur gewundert, sogar ziemlich gewundert über deine Videobotschaft.«
»Allerdings«, bekräftigte Kim. »Du hast die ganze Zeit nur von Mode geredet und von Sport. Wir kamen überhaupt nicht vor in deinem spannenden Freizeitleben. Und unseren Detektivclub hast du auch nicht erwähnt. Ist dir der Club plötzlich egal?«
Franzi verschränkte die Arme vor der Brust. »Also wenn du jetzt Model werden willst und vorhast, bei den drei !!! auszusteigen, solltest du es uns am besten gleich sagen, damit wir uns nach einem neuen Mitglied umsehen können.«
Marie schnappte nach Luft. »Ihr spinnt doch! Vertraut ihr mir überhaupt nicht? Ich hab unseren Club absichtlich nicht erwähnt. Unser Privatleben geht niemanden etwas an. Bei

der Show wimmelt es doch nur so von neugierigen Reportern. Die rennen uns die Bude ein und veröffentlichen irgendeinen Blödsinn über uns in der Klatschpresse. Dann ist es vorbei mit unseren ungestörten Ermittlungen.«
Kim und Franzi wurden immer kleiner auf ihrer Bank. »Ach so …«, sagte Kim. »Daran hab ich überhaupt nicht gedacht. Entschuldige!«
»Kannst du uns noch mal verzeihen?«, fragte Franzi.
Marie war immer noch sauer, dass die beiden ihr so was Gemeines zugetraut hatten. Andererseits hatte sie auch schon oft Mist gebaut oder war ohne Grund eifersüchtig gewesen. »Schwamm drüber!«, sagte sie schließlich.
Kim und Franzi ließen einen gemeinsamen Stoßseufzer los. Dann räusperte sich Kim. »Mensch, wir haben dir noch gar nicht gratuliert! Lass dich drücken!«
Nachdem auch Franzi Marie umarmt hatte, sagte sie grinsend: »Jetzt musst du es diesen Zicken aber zeigen. Lass dir von denen nichts gefallen, besonders von Chrissie nicht, wenn sie dabei sein sollte. Allerdings hat sie noch keine Zusage bekommen.«
»Versprochen!«, sagte Marie. Dann erzählte sie weiter: »Stellt euch vor, wer die Show moderiert: Janneke!«
Franzi pfiff durch die Zähne. »Das ist ja ein Ding!«
»Cool, oder?«, sagte Marie.
Kim sah ihre Freundinnen genervt an. »Könnt ihr so nett sein und mich aufklären? Langsam solltet ihr wissen, dass ich keinen Draht zum Showbiz hab.«
»Sorry«, sagte Marie. »Janneke ist *das* niederländische Topmodel. Sie war schon x-mal auf dem Cover der *Vogue*, ist auf

den Laufstegen der Welt zu Hause und hat seit Jahren einen Vertrag bei einer großen Kosmetikfirma. Dabei sieht man ihr überhaupt nicht an, dass sie schon 34 ist. Sie wirkt viel jünger und ist total nett und natürlich.«

Kim runzelte die Stirn. Marie hörte sich schon genauso an wie Annabelle. Hoffentlich färbte der ganze Modelzirkus nicht auf sie ab. Um Marie nicht schon wieder zu verärgern, verkniff sie sich eine ironische Bemerkung und fragte stattdessen: »Wer ist denn noch in der Jury?«

»Annabelle und Giovanni, ein ziemlich bekannter italienischer Stylist«, antwortete Marie. »Er wird uns seine Stylingtipps verraten und Janneke macht mit uns Laufstegtraining. Wir dürfen uns bei den großen Modefirmen unserer Stadt vorstellen und vielleicht bekomme ich ja sogar bald einen richtigen Model-Job!«

»Bestimmt«, sagte Franzi. »Du hast echt das Zeug dazu – im Gegensatz zu meiner Schwester. Apropos Familie: Was sagt eigentlich dein Vater dazu?«

»Der hat sich am Anfang ein bisschen gewundert, genau wie ihr«, erzählte Marie, »aber dann hat er gemeint, dass es eine große Chance für mich ist. Er hat mir für die vier Augustwochen im Modelhaus sogar noch ein neues Sommer-Outfit spendiert.«

Plötzlich ließ Kim einen Schrei los.

Franzi hielt sich die Ohren zu. »Was soll das jetzt?« Dann stutzte sie. Kim war ganz blass geworden. »Was ist denn los?«, fragte Franzi besorgt. »Ist irgendwas mit Michi?«

Kim schüttelte den Kopf. »Mit Michi ist alles okay. Hast du nicht mitbekommen, was Marie gerade erzählt hat? Sie wird vier Wochen in einem Modelhaus wohnen. Das Modelhaus ist zwar bei uns in der Stadt, aber Marie wird trotzdem den kompletten August weg sein.«

Franzi schluckte. »Du hast recht. Was wird dann aus unserer Zeltwoche?«

»Ich fürchte, die fällt ins Wasser«, sagte Marie. »Tut mir total leid, aber ich kann den Terminplan der Show nicht ändern.«

»Mist!«, murmelte Franzi. »Ich hab mich schon so auf die Woche mit euch gefreut. Ich dachte, da kann ich endlich auf andere Gedanken kommen und ...« Sie hörte mitten im Satz auf und wirkte auf einmal richtig unglücklich.

»Hey, was ist denn mit dir los?«, fragte Kim sofort. »Hast du Probleme mit Benni?«

Franzi nickte und kämpfte gegen die Tränen an. Die ganze Zeit hatte sie das schreckliche Telefongespräch mit Benni verdrängt, aber jetzt kam wieder alles hoch. »Er hat ... er hat gestern gesagt ...«, fing sie stockend an, »dass er eine Auszeit braucht. Er meint, er hält es doch nicht aus, dass wir nur Freunde sind, weil er immer noch verliebt in mich ist.«

Kim und Marie sahen sich entsetzt an.

»Und deswegen will er dich nicht sehen?«, fragte Marie leise.

Kim schluckte. »Das ist hart. Du Arme! Können wir dir irgendwie helfen?«

Franzi schüttelte den Kopf. »Danke, das ist lieb von euch, aber es geht schon wieder. Lasst uns lieber wieder von Maries Modelkarriere reden. Also, wann geht es los?«

Maries Augen leuchteten auf. »In acht Tagen schon. Und ich hab noch nicht mal angefangen zu packen!«

Willkommen im Modelhaus!

»Nein, ich lass dich nicht los!«, sagte Marie, schlang ihre Arme noch enger um Holger und vergrub ihre Nase in seinem Hals, der nach seinem Rasierwasser duftete, nach Sonne und Wind und vor allem nach ihm.

Holger knabberte an ihrem Ohrläppchen. »Kein Problem«, flüsterte er ihr ins Ohr und lachte leise. »Aber ich dachte, du magst keine klammernden Jungs!«

»Hab ich das wirklich behauptet?«, fragte Marie. »Vergiss es! Ich rede viel, wenn der Tag lang ist.«

Holger lachte wieder. Dann wurden seine grünen Augen ganz sanft und schimmerten wie ein tiefer, klarer See. Er beugte sich zu Marie hinunter und gab ihr einen langen, wunderschönen Kuss. Es gab auf dieser Welt nur noch Holger und Marie, Marie und Holger …

»Hey, Marie!«, rief plötzlich eine Stimme von ganz weit weg. »Wenn ihr euch weiter so abknutscht, wird das nichts mit deiner Modelkarriere!«

Modelkarriere? Da war doch was … Marie blinzelte. Holger und sie waren leider nicht allein auf dieser Welt, auch nicht auf diesem Busparkplatz. Um sie herum wimmelte es von kichernden Mädchen, die keine Ahnung von Romantik und wahrer Liebe hatten. Ein paar von ihnen machten sogar alberne Knutschgeräusche. Kim und Franzi winkten ihr anscheinend bereits länger hektisch zu. Und ihr Vater tippte auch schon auf seine Armbanduhr, weil er einen wichtigen Drehtermin hatte und eigentlich längst weg sein wollte.

Marie seufzte. »Franzi hat recht. Ich muss los, sonst fährt der Bus ohne mich ins Modelhaus.«
»Viel Glück!«, sagte Holger. »Und mail mir ganz oft!«
»Mach ich«, sagte Marie. »Aber du weißt ja, dass es nur einen Laptop im Modelhaus gibt, den wir uns teilen müssen. Tausendmal lieber würde ich dich natürlich anrufen. Ich hasse die strengen Regeln im Modelhaus jetzt schon!« Marie warf einen letzten, sehnsüchtigen Blick auf ihr Handy, das sie wie die anderen Mädchen nicht mitnehmen durfte. Dann drückte sie es schweren Herzens Kim in die Hand.
»Ich pass gut darauf auf«, versprach Kim und steckte es in ihre Hosentasche.
Sobald es dort verschwunden war, kam sich Marie vor wie ein halber Mensch. Ihren Schmuck legte sie abends ab, aber ihr Handy nahm sie sogar mit ins Bett.
»Jetzt fang bloß nicht an zu heulen!«, sagte Franzi. »Freu dich lieber, dass du Chrissie nicht ertragen musst. Sie hat es wieder mal nicht geschafft.«
Marie grinste. »Langsam tut sie mir fast leid. Muss schlimm sein, dauernd abgewiesen zu werden.«
»Vor allem ist es schlimm für unsere Familie«, sagte Franzi. »Du kannst dir nicht vorstellen, was Chrissie für ein Theater abzieht, seit sie die Absage gekriegt hat.«
Marie malte sich die Szene gerade lebhaft aus, als Annabelle vorbeikam und in die Hände klatschte. »Beeil dich, Marie! Alle warten schon auf dich.«
Wie peinlich! Marie wollte auf keinen Fall den Eindruck erwecken, dass sie zu diesen Zicken gehörte, die von Anfang an ihre Starallüren pflegten.

»Ich komme!«, rief sie schnell, küsste Holger ein letztes Mal, umarmte Kim und Franzi, drückte ihren Vater und spurtete mit ihrem roten Rollkoffer samt Beautycase zum Bus.
Sie war tatsächlich die Letzte. Der Busfahrer grummelte verärgert, während er ihren Koffer in den vollen Gepäckraum wuchtete. Marie schlüpfte mit ihrem Beautycase an ihm vorbei und stieg vorne in den Bus. Natürlich waren alle Plätze schon besetzt. Marie blieb nichts anderes übrig, als sich vorne neben den Fahrer zu setzen. Wenigstens würde sie dann ihre Ruhe haben vor den Zicken und konnte noch ein bisschen von Holger träumen. Sie spürte seine weichen Lippen immer noch auf ihrem Mund …
»Ach, das ist ja nett!«, rief Annabelle und ließ sich neben Marie in den breiten Sessel fallen. »Ich wollte dich sowieso was Wichtiges fragen: Sag mal, wie viele Krimis hat dein Vater eigentlich schon gedreht? Und warst du mal bei den Dreharbeiten dabei? Das muss doch total aufregend sein, oder?«
»Klar …«, antwortete Marie und verkniff sich ein Stöhnen. Das ging ja gut los!
Marie überstand die Fahrt nur, indem sie vorgab, schrecklich müde zu sein, und sich schlafend stellte. Dadurch bekam sie leider nicht mit, wohin die Reise ging. Die Jury hatte es nämlich bis zum Schluss spannend gemacht und nicht verraten, wo das Modelhaus war. Doch als die entzückten Rufe der Mädchen hinter ihr immer lauter wurden, hielt Marie es nicht mehr länger aus und machte die Augen auf.
Auf den ersten Blick erkannte sie die Straße. Bei einem ihrer früheren Fälle waren die drei !!! nämlich schon mal im vor-

nehmen Ostviertel und zufällig genau hier gewesen: Damals hatten sie in der superteuren Villa eines Popstars ermittelt. Nur ein paar Häuser weiter bremste der Busfahrer ab und hielt vor einer Villa, die sogar noch größer war. Das weitläufige, ockerfarbene Gebäude hatte zwei endlose Balkone, ein Glasdach, einen parkähnlichen Garten mit wunderschönen alten Bäumen und mittendrin eine luxuriöse Poollandschaft mit Sonnenterrasse.

Marie blieb die Spucke weg. »*Das* ist das Modelhaus? *Hier* werden wir wohnen?«

Annabelle lachte amüsiert. »Ganz genau! Na, ist uns die Überraschung geglückt?«

»A…allerdings«, sagte Marie. Hier würde sie es eine Weile aushalten können. Gut gelaunt schwang sie sich aus dem Sessel und stieg aus. Vor dem großen Portal wartete bereits das Empfangskomitee. Nur der rote Teppich fehlte, aber Marie fühlte sich auch so wie ein Star.

Eine blonde Frau mit Endlosbeinen löste sich aus der Gruppe und lief mit einem strahlenden Lächeln auf die Mädchen zu. »Herzlich willkommen im Modelhaus!«

»Janneke!«, kam es gleichzeitig aus mindestens zehn Mädchenmündern.

»Janneke …«, murmelte auch Marie und schluckte. Das niederländische Model war noch viel schöner als auf den Zeitschriften-Covern. Sie trug ein sonnengelbes Neckholderkleid, das ihre zart gebräunten, perfekt definierten Schultern besonders gut zur Geltung brachte und wunderbar zu ihren azurblauen Augen passte. Marie überlegte gerade, ob die Augenfarbe wirklich echt war oder ob Janneke vielleicht doch mit Kontaktlinsen nachgeholfen hatte, als eine mollige Frau mit raspelkurzen, hellbraunen Haaren und weißer Schürze auf Annabelle zustürzte und ihr um den Hals fiel. »Da bist du ja endlich!«

»Schön, dich zu sehen, Roswitha!«, sagte Annabelle und lächelte. Dann drehte sie sich zu den Mädchen um. »Das Beste habe ich euch noch gar nicht erzählt: Ihr wohnt nicht nur in dieser wunderschönen Villa, ihr werdet auch von Roswithas Kochkünsten verwöhnt.«

»Cool!«, rief Marie und die Mädchen klatschten begeistert.

Roswitha stemmte ihre Hände in die Hüften und sah die fünfzehn Kandidatinnen prüfend an. »Die Betonung liegt auf ›verwöhnen‹! Ich koche keine Diätrezepte, sondern richtig gute Hausmannskost. Natürlich gibt es auch Nachspeisen und Kuchen. Ich werde schon dafür sorgen, dass hier keiner vom Fleisch fällt.«

Ein Murmeln ging durch die Reihen. Manche Mädchen, die mit festen Vorsätzen, ihr Gewicht um jeden Preis zu halten, ins Modelhaus gekommen waren, schienen die Aussicht nicht besonders verlockend zu finden, anderen lief jetzt schon das Wasser im Mund zusammen. Marie gehörte zur letzteren Gruppe. Die nächsten vier Wochen würden bestimmt stressig werden, da konnte sie ein bisschen Nervennahrung gut gebrauchen. Und die Köchin gefiel ihr. Sie hatte genau die richtige Einstellung.

»Aber ich hab euch ja noch gar nicht mein Team vorgestellt«, meldete sich wieder Janneke zu Wort. »Das ist Giovanni, unser drittes Jury-Mitglied und der beste Stylist, den ich kenne. Er ist ein Künstler und vollbringt wahre Wunder.«

»Nicht doch, nicht doch …«, wehrte Giovanni bescheiden ab, freute sich aber sichtlich über das Kompliment.
Marie musste schmunzeln. Genau so hatte sie sich einen Stylisten vorgestellt: schwarze Lockenpracht, Dreitagebart und ein lässiges weißes Hemd mit drei geöffneten Knöpfen, das offenherzig Giovannis üppige Brusthaare zeigte.
»Ciao, belle ragazze!«, sagte Giovanni. »Geht's euch gut? *Bene.* Das freut mich. Ich zeig euch, wie ihr noch schöner werdet. Ihr werdet staunen. *Allora? Avanti!«*
Sofort brachte er einige Mädchenherzen zum Schmelzen. Marie war zum Glück nicht gefährdet. Holger sah viel besser aus als Giovanni und außerdem liebte er nicht alle schönen *ragazze,* sondern nur ein Mädchen, und zwar sie!
»Ich bin sehr froh, dass Giovanni sich neben seinen anderen Verpflichtungen Zeit für uns freigeschaufelt hat«, sagte Janneke. »Zwischendurch wird er zwar nach Paris fliegen müssen, aber er versucht natürlich, so oft wie möglich hier zu sein.« Janneke warf Giovanni eine Kusshand zu und wandte sich wieder an die Mädchen. »Übrigens sind wir hier im Modelhaus alle per Du. Das ist so üblich in der Modelbranche. Einverstanden? Wunderbar! Dann zeig ich euch mal euer neues Domizil.«
Wie von Geisterhand öffnete sich das Portal und gab den Blick auf eine mit Marmorplatten ausgelegte Eingangshalle frei. Marie pfiff durch die Zähne. Das wurde ja immer besser! Wie in Trance folgte sie der Jury ins Haus. Hier war aber auch wirklich alles XXL: Küche, Esszimmer, Gemeinschaftsraum und das Wohnzimmer mit der Sofalandschaft und dem extra eingebauten Laufsteg. Im ersten Stock ging es ge-

nauso luxuriös weiter. Jedes der liebevoll eingerichteten Doppelzimmer hatte ein eigenes Bad mit einer riesigen Wanne. Marie kniff sich in den Arm. Irgendeinen Haken bei dem ganzen Luxus musste es doch geben!
Da holte Annabelle eine Liste aus ihrer Handtasche. »Jetzt wollt ihr bestimmt wissen, mit wem ihr das Zimmer teilt.« Sie fing an, die Namen vorzulesen. »Also, da haben wir Ariane und Luzie, Doreen und Pauline, Marie und Verena …«
Den Rest hörte Marie nicht mehr, weil plötzlich Verena neben ihr stand. »Hi, Marie! Ich wusste gar nicht, dass du auch dabei bist.«
»Ich auch nicht …«, murmelte Marie.
Da war der Haken! Von den fünfzehn Zicken hier musste sie ausgerechnet das Zimmer mit der größten Superzicke von allen teilen: mit Verena, der sie jedes Mal im Jugendzentrum aus dem Weg ging, weil sie ihre weinerliche Art nicht ertragen konnte. Mit Verena, die ihr damals bei der Paris-Reise den letzten Nerv geraubt hatte. Mit Verena, die immer gleich im Dreierpack auftrat, zusammen mit ihren ätzenden Freundinnen Jasmin und Luise. Wie durch ein Wunder schaffte es Marie, ein Lächeln auf ihr Gesicht zu zaubern. »Das ist ja nett! Sind Luise und Jasmin auch dabei?«
»Leider nicht«, sagte Verena. »Natürlich haben sie sich auch beworben, aber sie wurden abgelehnt.«
»Ach …«, sagte Marie nur und versuchte, nicht allzu erleichtert auszusehen.
Verena erzählte Marie lang und breit die Gründe und schob dabei ihre Koffer zu ihrem gemeinsamen Doppelzimmer. Sie hatte tatsächlich drei Koffer und zwei Beautycases dabei.

Wie ein wandelnder Kofferberg ging sie voraus, öffnete die Tür und blockierte sie mit ihrem Gepäck.
»Ist das cool!«, rief sie. »Sieh dir nur dieses Zimmer an! Die zwei Himmelbetten und die Sterne an der Decke und die roten Ledersessel.«
Marie räusperte sich. »Ich würde mir ja gerne alles ansehen, aber ich komme leider nicht durch die Tür.«
»Wieso denn? Bist du so dick?« Verena lachte über ihren eigenen, geschmacklosen Witz. Dann rollte sie gnädigerweise einen der drei Koffer zur Seite.
Marie schaffte es mit Müh und Not, ihren roten Koffer hochzuheben und auf ihr Bett zu werfen. Danach war sie so erschöpft, dass sie sich gleich mit dazulegte.
Verena musterte sie mit einem interessierten Lächeln. »Kann es sein, dass du ein bisschen zugenommen hast, seit wir uns das letzte Mal gesehen haben?«
»Keine Ahnung«, sagte Marie. »Ich stell mich nicht jeden Tag auf die Waage.«
»Ich schon.« Verena strich sich über ihre schmalen Hüften. »Ich fühl mich wohler, seit ich eine Kleidergröße weniger trage. Findest du nicht auch, dass ich jetzt viel besser aussehe?«
Marie zuckte mit den Schultern. Verenas Vorwurf, dass sie angeblich zugenommen hätte, wurmte sie. Sie wusste zwar, dass es nicht stimmte, trotzdem hatte sie auf einmal ein schlechtes Gewissen und kam sich dick vor.
»Upps!«, machte Verena. »Hab ich was Falsches gesagt? Entschuldige! Vielleicht hab ich mich ja auch getäuscht. Aber erzähl mal! Wie geht es dir? Bist du immer noch so erfolgreich mit deinem Detektivclub?«

»Klar«, sagte Marie. »Erst neulich waren wir in der Zeitung.« Eine Mischung aus Neid und Bewunderung blitzte aus Verenas Augen. Sie zog ihre Geldbörse aus der Hosentasche und fischte eine Karte heraus. »Sieh mal! Die hab ich immer bei mir, seit ihr sie mir damals in Paris gegeben habt.«

Verena steckte die Karte wieder ein und quetschte sich neben Marie aufs Bett. »Und?«, fragte sie neugierig. »Habt ihr gerade wieder einen neuen Fall?«
»Noch nicht!«, sagte Marie, doch plötzlich hatte sie ein merkwürdiges Kribbeln im Bauch. Auch damals in Paris hatte alles mit Verena angefangen und schon waren die drei !!! mitten in einem spannenden Fall gewesen.

Ein Zufall zu viel

Punkt sechs Uhr früh am nächsten Morgen klingelte Maries Wecker.
»Spinnst du?«, beschwerte sich Verena. »Es gibt doch erst um sieben Frühstück.«
»Stimmt«, sagte Marie. »Du kannst ja noch weiterpennen, ich mach jetzt Yoga.«
Sie genoss die Stille aus Verenas Bett, während sie ihren Schlafanzug mit ihrem Work-out-Dress tauschte. Wetten, dass Verena jetzt ein schlechtes Gewissen hatte? Marie verwandelte ihre Beine in diverse kunstvolle Knoten und löste sie wieder auf. Danach rundete sie ihr morgendliches Trainingsprogramm mit ein paar Sit-ups und Liegestützen ab und ging unter die Dusche, während Verena gähnend aus dem Bett kroch.
Auf dem Weg zum Frühstück pfiff Marie vor sich hin. Zum Glück ahnte sie nicht, was der Tag noch alles bringen würde, sonst wäre sie bestimmt nicht so optimistisch gewesen.
Nach dem Frühstück versammelte Janneke die Bewerberinnen im Wohnzimmer und lächelte sie an. »Erst mal möchte ich alle herzlich willkommen heißen, auch unser nettes Filmteam von *Kidstime*! Die Kameraleute werden uns jeden Tag begleiten. Ihr werdet euch schnell daran gewöhnen und sie irgendwann gar nicht mehr wahrnehmen.«
Da war sich Marie nicht so sicher, aber Janneke redete bereits weiter. »Gut! Viele von euch denken bestimmt, ein Leben als Model hat nur mit Glamour zu tun. Tut mir leid,

wenn ich euch diese Illusion gleich am Anfang nehmen muss. Das Model-Business ist vor allem eins: harte Arbeit!« Sie ließ ihren Blick über die Köpfe schweifen und sah jedem in die Augen. Marie bekam eine Gänsehaut. Jannekes Augen waren immer noch azurblau, aber lange nicht mehr so warm und fröhlich wie gestern.

Dann ging es auch schon los. Die Mädchen mussten schwarze Leggings, bauchfreie Tops und die hochhackigsten Schuhe anziehen, die Marie je in ihrem Leben gesehen hatte. Schon beim Reinschlüpfen taten ihr die Zehen weh. Das konnte ja heiter werden!

»Kann ich auch ein längeres Top anziehen?«, fragte Doreen, ein Mädchen mit blonden, kurzen Haaren, und verschränkte die Arme vor ihrem Bauch. »Mein Bauch … äh … er ist leider gerade nicht so gut in Form.«

»Nein!«, sagte Janneke streng. »Alle Bewerberinnen haben die gleichen Chancen.«

»Aber ich kann doch nichts für meinen Bauch!«, protestierte Doreen. »Ich war vier Wochen krank und konnte deshalb nicht trainieren.«

Janneke seufzte. »Bitte gewöhn dir das ganz schnell ab: Entschuldigungen und Rechtfertigungen kommen in unserem Job nicht gut an. Der Kunde will so etwas nicht hören, er will, dass du professionell bist und schöne Fotos machst.«

»Aber ich war wirklich vier Wochen krank«, fing Doreen wieder an. »Wenn du willst, kann ich dir auch ein Attest zeigen.«

Ein paar Mädchen tuschelten und machten halblaut fiese Bemerkungen über Doreens Bäuchlein. Marie warf ihnen

einen verächtlichen Blick zu, der die Mädchen erst kichern und dann verstummen ließ.
Janneke klatschte energisch in die Hände. »Ich glaub dir ja, Doreen, aber wir haben jetzt keine Zeit für so was. Lasst uns anfangen! Heute zeige ich euch den Basic Walk. Dabei kommt es darauf an, dass ihr so natürlich wie möglich geht. Kein sexy Hüftschwung, keine übertriebenen Bewegungen, einfach den Blick nach vorne und laufen. Seht ihr? So!«
Sie betrat den Laufsteg und zog sofort alle Blicke auf sich. Es war, als würde sie einen Schalter anknipsen, der einen Scheinwerfer auf sie richtete. Energetisch lief sie bis zum Ende des Laufstegs, hielt kurz an, poste, lächelte in die imaginären Kameras und kam wieder genauso selbstbewusst zurück. Spontan fingen die Mädchen an zu klatschen.
»Danke«, sagte Janneke. »Jetzt seid ihr dran. Zeigt, was ihr draufhabt!«
Marie stellte sich mit den anderen Mädchen an und versuchte, einen Platz zu ergattern, der möglichst weit weg von Verena war. Doch das war gar nicht nötig, denn Verena stand sowieso weit abseits von allen anderen.
»Was ist denn mit dir los?«, fragte Janneke.
Verena schluckte. »Mir geht's heute nicht so gut.«
»Warum denn?«, fragte Janneke nach.
Verenas Augen füllten sich mit Tränen. »Die anderen haben beim Frühstück kein Wort mit mir geredet. Ich glaube, die mögen mich nicht.«
»Aber das ist doch Unsinn«, sagte Janneke. »Ihr müsst euch alle erst kennenlernen. Das geht nicht von heute auf morgen.«

Verena wischte sich die Tränen aus den Augen und schniefte. »Ich weiß nicht ... Ich hab kein gutes Gefühl.«
Marie verdrehte die Augen. Wenn sie etwas hasste, dann waren es Mädchen wie Verena, die das arme Opfer spielten, um Mitleid einzufordern und im Mittelpunkt zu stehen.
Leider fiel Janneke prompt darauf rein. »Nimm dir das nicht so zu Herzen«, sagte sie. »Komm, mach mit! Wir freuen uns alle schon auf deinen ersten Walk, nicht wahr, Mädels?«
»Klar«, murmelte Pauline, ein Mädchen mit schwarzem Pagenkopf. »Miss Heulsuse in Aktion ist garantiert der Hingucker, besonders wenn sie stolpert und auf die Nase knallt.«
Einige prusteten los, doch Marie verging das Lachen. Die Stimmung im Raum war jetzt schon so vergiftet, dass ihr schlecht wurde. Wie sollte das bloß weitergehen?
Janneke redete Verena gut zu und schaffte es schließlich, dass sie als Erste den Laufsteg betrat. Sobald sie oben stand, war Verena plötzlich überhaupt keine Heulsuse mehr. Sie musste zu Hause stundenlang geübt haben, denn ihr Walk war erstaunlich sicher und locker.
»Na also«, sagte Janneke. »Geht doch prima! Du hast einen sehr natürlichen Laufstil. Wenn du dabei auch noch die Arme mitschwingst, ist es perfekt. Danke, Verena!«
Mit einem demonstrativen Siegerlächeln ging Verena an den anderen vorbei und sonnte sich in Jannekes Komplimenten. Marie blieb keine Zeit, sich über Verena aufzuregen, weil nur noch ein Mädchen vor ihr war, bevor sie selbst drankam. Das Mädchen vor ihr hieß Ariane und hatte sich bisher mit fiesen Bemerkungen zurückgehalten. Sie sah eher unscheinbar aus, hatte braune, glatte Haare und ein blasses, kaum

geschminktes Gesicht. Als sie loslief, wackelte sie in den hohen Schuhen hin und her, versuchte sich aber nichts anmerken zu lassen.

»Du musst noch üben«, sagte Janneke, »damit du dich an High Heels gewöhnst. Aber du hast eine schöne, sportliche Figur und eindeutig das Zeug zum Topmodel.«

»Danke!«, sagte Ariane glücklich und ging schnell zu ihrer Freundin Luzie, die den Daumen nach oben reckte.

Dann war Marie an der Reihe. Sie holte tief Luft und stellte sich vor, sie würde lässig durch die Fußgängerzone bummeln.

»Ja, toll!«, lobte Janneke hinterher. »Habt ihr ihren Blick gesehen? Die blitzenden Augen? Sehr schön, weiter so!«

Marie fiel ein Stein vom Herzen. Die erste Hürde hatte sie gemeistert. Langsam machte ihr die Sache Spaß, wenn nur die neidischen Blicke der anderen nicht gewesen wären. Manche starrten sie richtig böse an. Nur Ariane und Luzie lächelten ihr nett zu, und Betty, ein Mädchen mit blondem Lockenkopf, flüsterte ihr ins Ohr: »Du bist echt gut!«

»Danke!«, sagte Marie überrascht.

Als alle Mädchen zweimal gelaufen waren, machte Janneke eine kurze Pause. Erleichtert liefen alle auf die Terrasse, um ein paar warme Sonnenstrahlen zu genießen. Für Marie war es leider kein Genuss, denn jetzt gingen die Lästereien erst richtig los.

»Habt ihr Ariane gesehen?«, fragte Pauline hinter vorgehaltener Hand. »Sie sah aus wie eine Ente im Watschelgang!«

»Hihihi!«, kicherten sofort ein paar Mädchen.

»Aber Luzie war auch nicht schlecht!«, redete Pauline weiter.

»Die hatte Schraubstöcke in den Beinen.« Wieder kicherten einige.
Da wurde es Marie zu bunt. »An eurer Stelle würde ich den Mund nicht so voll nehmen. Ihr werdet schon noch euer Fett von der Jury abkriegen.«
Das wollte natürlich keine hören. Schnell kehrten die Lästerschwestern ihr den Rücken zu. Nur Ariane und Luzie grinsten breit und Betty zwinkerte Marie verschwörerisch zu. Zum Glück schien es hier auch noch halbwegs normale Mädchen zu geben!
Als Marie nach einem kurzen Abstecher zur Toilette, um ihr Make-up zu überprüfen, nach der Pause zurück ins Wohnzimmer kam, waren alle anderen schon da.
Janneke wollte gerade weitermachen, als Ariane plötzlich rief: »Meine Schuhe sind weg!«
Janneke runzelte die Stirn. »Du musst schon aufpassen auf deine Sachen, Mädchen!«
»Aber ich hab aufgepasst«, verteidigte sich Ariane. »Ich hab sie genau hier abgestellt, und jetzt sind sie plötzlich nicht mehr da.«
»Komm, ich helf dir suchen«, sagte Luzie. Die beiden Freundinnen krochen am Boden herum, doch die Schuhe tauchten nicht wieder auf.
»Also wenn *das* nicht unprofessionell ist …«, murmelte Doreen, die sich anscheinend immer noch über Jannekes Kritik ärgerte.
»Hat irgendjemand Arianes Schuhe gesehen?«, fragte Marie in die Runde. Als Antwort bekam sie nur Schulterzucken.
Janneke sah ungeduldig auf ihre Armbanduhr. »Wir müssen

wirklich weitermachen. Ariane, pass in Zukunft besser auf deine Sachen auf. Jetzt musst du heute eben ohne Schuhe laufen.«

»Aber …«, fing Ariane an, verstummte jedoch gleich wieder. Hier stimmt doch was nicht!, dachte Marie. Warum sollte Ariane ihre Schuhe in der kurzen Pause verschusselt haben? War es nicht viel wahrscheinlicher, dass jemand anders ihre Schuhe geklaut hatte? Den meisten Mädchen hier würde sie das glatt zutrauen.

»Marie! Worauf wartest du noch?«, fragte Janneke.

Verwirrt drehte Marie sich um. Sie war so in Gedanken gewesen, dass sie gar nicht gemerkt hatte, dass sie schon wieder dran war.

»Sorry!«, sagte sie und lief los.

Der Rest des Tages war mindestens genauso anstrengend wie das Lauftraining. Die Mädchen mussten Giovanni ihre Beautyprodukte zeigen und eine Typberatung bei ihm machen, danach eine Runde joggen und nach dem Abendessen ihre Sachen auspacken und ein paar Outfits zusammenstellen, die sie morgen beim Fotoshooting für die Sedcard anziehen würden. Marie brauchte ganz schön lange, bis sie sich entscheiden konnte, welche Kleider möglichst viele Facetten von ihr zeigen würden. Aber das war nichts gegen Verena! Sie machte Marie wahnsinnig, als sie den Inhalt ihrer drei Koffer auf dem Boden des Zimmers verstreute, total hektisch ein Outfit nach dem anderen anprobierte und sich damit selbstverliebt vor dem Spiegel drehte.

»Wie findest du das?«, fragte sie, während sie sich einen rosafarbenen Seidenschal mit weißen Streifen um den Hals wickelte, der überhaupt nicht zu ihrem gelben Kleid passte. »Und das hier? Und das hier?«

»Toll«, sagte Marie mindestens zwanzigmal, bevor sie die Flucht ergriff, um vor dem Schlafengehen eine kleine Runde durchs Modelhaus zu machen und Holger eine Mail zu schreiben. Auf dem Flur kam ihr Annabelle entgegen.

»Hi!«, sagte Marie. »Na, wie geht's dir?«

»Schlecht!«, sagte Annabelle.

Marie sah die Modelagentin verwundert an. Erst jetzt merkte sie, dass Annabelle hektische Flecken in ihrem ansonsten perfekt geschminkten Gesicht hatte, während sie in ihrer rechten Hand mit einem Handy herumfuchtelte.

»Was ist denn passiert?«, fragte Marie. »Gibt es einen Notfall?«

»Allerdings«, sagte Annabelle. »Bitte trommle alle Mädchen zusammen, ich habe etwas sehr Ernstes mit euch zu besprechen.«

Marie malte sich die schrecklichsten Szenarien aus, während sie losrannte und an alle Zimmertüren klopfte. Zehn Minuten später waren die Mädchen im Wohnzimmer versammelt.

»Kann mir jemand verraten, was das hier ist?«, fragte Annabelle und hielt das Handy hoch.

Pauline grinste. »Ein Handy vielleicht? So ein modernes Ding, mit dem man telefonieren, simsen, Musik hören und Fotos machen kann?«

Alle lachten, nur Annabelle blieb ernst. »Die Frage ist: Wem gehört dieses Handy? Wer von euch hat es mitgebracht?«

»Ich nicht!« – »Ich auch nicht!«, kam es von allen Seiten und jede schüttelte den Kopf.

»Merkwürdig«, sagte Annabelle. »Und warum hat dann unser Reinigungsservice beim Staubsaugen unter Arianes Bett ein Handy gefunden?«
Sofort drehten sich alle Köpfe zu Ariane herum. Die wurde knallrot und stammelte: »I...ich hab mein Handy nicht mitgenommen. Ehrlich, ich war's nicht!«
Keiner glaubte ihr, bis auf Marie.
Annabelles Mund wurde schmal. »Leider kann ich die Sache nicht klären, weil jemand schlauerweise die SIM-Karte aus dem Handy entfernt hat. Wenn es keiner von euch gewesen sein will, bleibt mir nichts anderes übrig: Ihr habt alle bis auf Weiteres Fernsehverbot.«
»Nein!«
»Das ist ungerecht!«
»Das können Sie nicht machen!«
Während sich die anderen über das Fernsehverbot aufregten, hatte Marie ganz andere Sorgen: Erst die verschwundenen Schuhe und dann das eingeschmuggelte Handy. Das war eindeutig ein Zufall zu viel!

Fiese Tricks

Marie hätte es wissen müssen. Die Models im Fernsehen erzählten oft, dass sie die meiste Zeit des Tages mit Warten verbrachten: Warten auf das Styling, Warten beim Casting und Warten beim Go-See. Trotzdem wurde Marie von Minute zu Minute nervöser. Jetzt saß sie schon über drei Stunden fertig gestylt in der großen Garderobe des Modelhauses und wurde immer noch nicht aufgerufen. Alle anderen bis auf Betty und sie waren schon dran gewesen und erzählten aufgeregt vom Fotoshooting für die Sedcard.

»Bei Verena dauert es aber auch besonders lang!«, stöhnte Betty.

Marie musste grinsen. Wahrscheinlich »fühlte« Verena sich heute wieder nicht so gut. Da kam sie zurück. Schon wieder hatte sie Tränen in den Augen.

»Wie war's?«, fragte Doreen, aber Verena winkte bloß ab und zog sich in eine Ecke zurück.

»Dann eben nicht«, sagte Doreen und zuckte mit den Schultern.

»Wer ist denn als Nächstes dran?«, wollte Betty wissen.

Verena zeigte nur stumm auf Marie und machte ein leidendes Gesicht.

»Na endlich!«, sagte Marie. Sie warf einen letzten Blick in den Spiegel und zupfte eine Fluse von ihrem verspielten, bodenlangen Hippie-Kleid. Die kleinen Zöpfe, die sie sich in die Haare geflochten hatte, sahen toll dazu aus.

»Viel Glück!«, sagte Betty und lächelte ihr aufmunternd zu.

Das tat gut. Marie ging los. Kaum hatte sie die Tür zum angrenzenden Fotostudio aufgemacht, stieß Annabelle auch schon einen entzückten Schrei aus: »Ist das süß!«
Giovanni warf Marie einen Luftkuss zu. *»Bella ragazza!«* Marie drehte sich, bis ihr Kleid als Blumenwolke um sie herumwirbelte.
»Also das geht ja gar nicht!«, sagte plötzlich Janneke.
Der Fotograf neben ihr zog sein schwarzes Biker-Cap tiefer in die Stirn und nickte. »Sehe ich genauso. Viel zu verspielt, viel zu brav!«
»Sie muss viel cooler rüberkommen auf der Sedcard«, sagte Janneke. »Sonst kann sie den internationalen Markt vergessen. Du weißt, was ich meine, Annabelle, oder?«
»Ja«, antwortete die Agentin. »Wenn du es von der Seite aus betrachtest …«
Marie kam sich vor wie eine Seife oder ein anderes Produkt, über das gerade verhandelt wurde. »Äh … 'tschuldigung«, sagte sie. »Das Kleid ist übrigens aus Paris. Mein Vater hat es mir erst letzte Woche von einem Kurztrip mitgebracht.«
»Schön«, sagte Janneke nur. »Trotzdem solltest du uns vertrauen. Wir müssen dich umstylen, jetzt sofort.«
»Ich hab auch noch andere Kleider dabei«, sagte Marie. »In der Garderobe …«
»Lass nur!«, winkte der Fotograf ab. Er drehte sich zu einer Kleiderstange um und nahm eine Jeans-Hotpants vom Bügel. »Die ist cool!«
Janneke klatschte in die Hände. »Supergenial! Du bist ein Schatz, Frederik! Und dazu nehmen wir noch …«, sie sah sich im Raum um, »dein weißes Hemd, Giovanni!«

»*Naturalmente!*«, sagte der Stylist und fing tatsächlich an, seine Hemdknöpfe aufzumachen.
»Aber das ist ja ein Herrenhemd!«, protestierte Marie. »Das ist mir doch viel zu groß.«
Janneke sah sie an wie eine Erstklässlerin. »Das ist ja der Clou: oben das weite Hemd und unten die knallenge Hose.«
Inzwischen hatte Giovanni sein Hemd ausgezogen. »Für dich, *bella ragazza!*«
Marie war so überrumpelt, dass sie das Hemd nahm. Eigentlich wollte sie sich immer noch nicht von ihrem Hippie-Kleid trennen, aber vielleicht hatte Janneke ja doch recht. Schließlich jettete sie ständig um die Welt und kannte sich aus mit den allerneuesten Trends. Also gab sich Marie einen Ruck. Schnell zog sie sich um. Danach zupften mindestens fünf Hände gleichzeitig an ihr herum, bis das Outfit auch wirklich cool genug aussah. Auch ihre Zöpfe musste sie aufdröseln und stattdessen ihr Haar mit Gel verwuscheln. Dann konnte es endlich losgehen mit dem Fotoshooting.
Marie hielt ihren Kopf in Richtung Windmaschine und bot verschiedene Posen an.
Sofort knipste Frederik los. »Ja, Baby! Cool, cool, cool! Zeig mir, wie arrogant du sein kannst. Sehr schön. Weiter, weiter! Leg Power in deine Augen. Ja, Baby!«
Jetzt war Marie wieder ganz in ihrem Element. Im Schauspielunterricht hatte sie oft genug geübt, innerhalb einer Minute zehn verschiedene Emotionen zu zeigen.
»Du machst das richtig gut!«, musste sogar Janneke zugeben. Annabelle und Giovanni waren sowieso total begeistert.
Nach wenigen Minuten waren die Fotos im Kasten. Der

Rest des Shootings verging wie im Flug: ein Porträt, ein Halbprofil und ein Foto im Bikini.
»Fertig!« Frederik legte seine Kamera weg. »Wenn du magst, kannst du dir die Fotos gleich am Bildschirm ansehen.«
Natürlich wollte Marie das. »Cool! Bin das wirklich ich?«
Annabelle lachte. »Klar! Willkommen im Modelbiz!«
Wie in Trance schwebte Marie über den Flur zurück zur Garderobe. Vielleicht sollte sie ihren Berufswunsch doch noch mal überdenken. Sie konnte ja als Model anfangen und später ins Schauspielfach wechseln.
»War gut, oder?«, fragte Betty.
Marie nickte glücklich. »Hat Spaß gemacht. Jetzt bist du dran. Ich drück dir die Daumen!«
»Danke«, sagte Betty und stand auf. Kerzengerade, mit hoch erhobenem Kopf und einem tollen Selbstbewusstsein, das Marie an Janneke erinnerte, verließ sie den Raum.
Als sie weg war, sank Marie erschöpft in die Kissen des Sofas. Die aufregenden Eindrücke musste sie erst mal verarbeiten. Sie streckte sich und sah sich dabei in der Garderobe um. Drei Wände des riesigen Raums waren komplett verspiegelt. An der vierten Wand stand ein Flipchart mit großen, weißen Papierbögen, auf denen Janneke oder die anderen Jurymitglieder wichtige Infos notierten. Aber heute stand etwas anderes auf dem Flipchart. Marie schoss in die Höhe und starrte entsetzt die fetten, schwarzen Druckbuchstaben an.

Ariane und Luzie wollen eigentlich gar nicht Topmodels werden. Sie strengen sich überhaupt nicht an und sind viel zu wenig ehrgeizig.

»Habt ihr *das* hier schon gesehen?«, fragte Marie laut in die Runde. Der Großteil der Mädchen nickte betreten. Nur Ariane und Luzie sahen Marie verwundert an und kamen zu ihr rüber.
Ariane wurde noch blasser, als sie sowieso schon war. »Ist das fies …«, murmelte sie.
Luzie hakte sich bei ihr unter. »Reg dich bloß nicht auf über diesen Dreck!«
Ariane nickte, aber sie sah immer noch total fertig aus. In Maries Bauch staute sich eine unglaubliche Wut auf. Sie stemmte die Hände in die Hüften und fragte laut: »Wer hat das geschrieben?«
Alle zuckten zusammen. Dann kamen nach und nach die Reaktionen: »Ich nicht!« – »Ich war's auch nicht.« Verena rief am lautesten und hatte schon wieder Tränen in den Augen.
Marie wurde noch wütender. »Wer so was Gemeines schreibt, sollte wenigstens den Mut haben, dazu zu stehen. Also?« Sie fixierte der Reihe nach die Mädchen, aber alle wichen ihrem Blick aus, bis auf Pauline. »Also falls du jetzt denkst, ich war das, bist du schiefgewickelt.«
»So, bin ich das?« Marie traute Pauline mittlerweile alles zu, auch dass sie ihr frech ins Gesicht log, aber so kam sie nicht weiter. Die Mädchen waren wie eine undurchdringliche Mauer.
Da drehte sich Marie zu Ariane und Luzie um. »Keine Angst, wir finden schon noch heraus, wer das war. Erst mal sorge ich dafür, dass keiner von der Jury das liest …« Sie stutzte und musste schlucken. »Oder hat die Jury das etwa schon gelesen?«

Luzie schüttelte den Kopf. »In der letzten Stunde war keiner von der Jury hier im Raum.«
Das war ja noch mal gut gegangen. Marie wollte gerade das oberste Blatt des Flipcharts herunterreißen, als plötzlich Janneke im Raum stand.
»Hier ist aber dicke Luft, Mädels«, sagte sie. »Ihr müsst mal die Fenster aufmachen und … Was ist denn? Gibt es irgendwas Spannendes?« Bevor Marie reagieren konnte, hatte Janneke die anonyme Botschaft entdeckt und runzelte die Stirn. »Ist das so? Sind Ariane und Luzie nicht so ehrgeizig wie die anderen?«
Betretenes Schweigen. Schließlich sagte Luzie: »Natürlich wollen wir Topmodel werden!«
»Ja«, bekräftigte Ariane. »Wir wollen es wirklich und wir geben alles.«
Das Gesicht der Moderatorin entspannte sich. »Dann bin ich ja beruhigt. Und jetzt könnt ihr das Blatt wegwerfen. Wir sehen uns gleich bei unserem verspäteten Mittagessen. Ciao!« Mit ihrem freundlichen Model-Lächeln auf den Lippen verließ sie die Garderobe.
Marie starrte ihr entgeistert nach. Janneke war *beruhigt*? Sie wollte der Sache nicht nachgehen, obwohl es offensichtlich jemand auf Ariane und Luzie abgesehen hatte? Selbst wenn sie keine Detektivin gewesen wäre, hätte Marie sofort gemerkt, dass hier eine ausgeklügelte Strategie dahintersteckte. Die Person, die Arianes Schuhe geklaut, ihr das Handy untergejubelt und jetzt auch noch Ariane und Luzie angeschwärzt hatte, wollte durch diese Sabotageakte die beiden Mädchen systematisch ausbooten und fertigmachen.

Blitzschnell kombinierte Marie und hatte gleich drei Verdächtige auf einmal: Superzicke Verena, die Probleme hatte, sich in die Gruppe zu integrieren, und genau das den anderen zum Vorwurf machte. Doreen, die mit ihrem Bäuchlein kämpfte und sich deshalb gegenüber den anderen benachteiligt sah. Und Pauline mit der großen Klappe, die ständig andere kritisierte und wahrscheinlich über Leichen gehen würde, nur um das Casting zu gewinnen.
Gestern noch wäre Marie sofort zu Janneke gegangen und hätte ihr von ihrem Verdacht erzählt, doch inzwischen wusste sie nicht mehr, auf wessen Seite die Moderatorin stand. Vielleicht feuerte sie ja die Zickenkämpfe sogar absichtlich an, um die Zuschauerquote im Fernsehen zu erhöhen? Und noch ein Grund sprach dagegen, die Moderatorin einzuweihen: Marie wollte nicht unschuldige Mitbewerberinnen anschwärzen. Auf einmal vermisste Marie Kim und Franzi schrecklich. Sie musste ihnen unbedingt mailen!

Eine Stunde später trug Marie einen Stapel Teller in die Küche, stellte ihn neben der Spüle ab und wollte eigentlich gleich wieder gehen, um sich den Laptop im Gemeinschaftsraum zu sichern. Da tauchte Roswitha aus der Speisekammer auf. »Ach, Marie! Das ist ja nett, dass du mich besuchst. Sag mal, gehörst du auch zu den Mädchen, die wie die Spatzen essen?«
Marie schüttelte lachend den Kopf. »Bestimmt nicht! Außerdem kochst du super, das Essen ist total lecker.«
Die Köchin lächelte geschmeichelt. »Das freut mich!« Sie holte ein Blech mit Obsttörtchen aus dem Regal. »Sieh nur!

Die hab ich extra mit frischen Früchten belegt und trotzdem hat kaum jemand sie angerührt. Magst du vielleicht noch eins essen?«

»Gern«, sagte Marie und nahm sich ein Törtchen mit Ananas, Erdbeeren und Kirschen. Der Biskuitboden war locker und saftig, und die Vanillecreme zerging auf der Zunge.

Roswithas Lächeln wurde immer breiter. »Du gefällst mir! Du lässt dich von diesem ganzen Schlankheitswahn nicht anstecken, oder?«

»Garantiert nicht«, sagte Marie und leckte sich genießerisch die Biskuitreste von den Fingern. »Den blöden Zickenkrieg mache ich auch nicht mit.«

»Sehr vernünftig«, sagte Roswitha. »Ich mach dir einen Vorschlag: Immer wenn dich die Zicken zu sehr nerven, kommst du zu mir in die Küche und plauderst ein bisschen mit mir.«

Marie nickte. »Versprochen!«

In Roswithas Küche roch es nicht nur köstlich, hier war es auch total gemütlich. An den Fenstern hingen geblümte Gardinen, auf den Fensterbrettern standen kleine Sträuße mit frischen Blumen und dazwischen hatte die Köchin Fotos aufgestellt.

»Ist das deine Familie?«, fragte Marie und zeigte auf ein Foto mit einem sympathischen älteren Mann mit Schnurrbart, einem pummeligen jungen Mann um die zwanzig und einem wuscheligen Mischlingshund.

»Ja, das ist sie!« Aus Roswithas Stimme klang unverhohlener Stolz. »Ohne meine beiden Männer könnte ich mir mein Leben überhaupt nicht mehr vorstellen.«

Da entdeckte Marie ein Foto von zwei lachenden jungen

Mädchen und stutzte. »Aber das sind doch, sind das nicht …?«
Die Köchin lachte. »Ja, du hast schon richtig geraten: Das sind Annabelle und ich. Das Foto wurde vor fünfzehn Jahren aufgenommen, als wir noch zur Schule gegangen sind.«
»So lange kennt ihr euch schon!«, staunte Marie.
»Allerdings«, sagte Roswitha und bekam leuchtende Augen. »Wir waren schon damals unzertrennlich. Deshalb freue ich mich auch so, dass ich bei Annabelles erster Castingshow dabei sein kann. Ich versuche, ihr so viel wie möglich abzunehmen.«
Da steckte plötzlich Verena den Kopf durch die Küchentür. »Ach hier bist du, Marie! Ich hab dich schon überall gesucht.«
»Was gibt es denn?«, fragte Marie unwillig. Verena hatte ihr jetzt gerade noch gefehlt.
Verena machte ein geheimnisvolles Gesicht. »Ich muss dir was ganz Wichtiges sagen!«

Marie im Einsatz

Verenas Geheimnis war so wichtig, dass sie Marie durch das halbe Modelhaus lotste, bis sie endlich einen absolut ungestörten, ruhigen Ort gefunden hatte: das Billardzimmer. Dort zog Verena Marie auf ein schwarzes Ledersofa und presste die Hand an ihr Herz: »Ich möchte, dass du eines weißt: Ich bin völlig unschuldig!«

»Aha …«, sagte Marie. »Und warum erzählst du mir das?«

Verena rückte noch näher. »Na ja! Weil du jetzt bestimmt in diesem Fall ermittelst.«

Marie beschloss, sich dumm zu stellen. »In welchem Fall?«

»Na, in dem Fall wegen der Sabotage … So nennt man das doch, oder, wenn jemand mit unerlaubten Mitteln versucht, andere auszubooten? Dieser Jemand hat Arianes Schuhe geklaut, das Handy eingeschmuggelt und die Botschaft auf das Flipchart geschrieben.«

Dumm war diese Verena nicht, das musste Marie zugeben, aber was bezweckte sie mit ihrer Geschichte? »Willst du etwa Ariane und Luzie ausbooten?«, fragte Marie.

Verenas Augen wurden riesengroß. »So was würde ich nie tun. Nie, nie, niemals!« Zur Bekräftigung hob sie zwei Finger der rechten Hand zum Schwur.

Marie runzelte die Stirn. Immer wenn jemand etwas sehr betonte, wurde sie misstrauisch. Leute, die nichts zu befürchten hatten, mussten auch nicht ihre Unschuld beteuern.

»Hm …«, machte Marie. »Warst du eigentlich die ganze Pause über auf der Terrasse?«

Zum ersten Mal kam Verena aus dem Konzept. »Ich? Nein … äh … Ich bin schon früher zurück, weil ich die fiesen Lästereien nicht mehr ausgehalten habe.«
»Du hättest also genug Zeit gehabt, um Arianes Schuhe verschwinden zu lassen«, sagte Marie.
Verena wurde knallrot. Dann stammelte sie: »S…so was traust du mir zu?« Zwei dicke Tränen kullerten aus ihren Augen. »Ich wusste es! Du kannst mich auch nicht leiden, oder? Du bist genau wie die anderen. Ihr seid alle gegen mich!«
»Das stimmt doch überhaupt nicht«, protestierte Marie. »Das bildest du dir bloß ein!«
»Nein!«, rief Verena. »Du steckst mit den anderen unter einer Decke. Ihr wollt mich so lange mobben, bis ich freiwillig gehe.«
Marie seufzte. »Niemand will dich mobben. Könnte es nicht eher sein, dass du selber …«
Weiter kam sie nicht. »Nein!«, rief Verena entrüstet. Dann heulte sie los: »Ihr seid alle so gemein zu mir!« Sie sprang auf und rannte schluchzend aus dem Zimmer.
Marie fühlte kein Mitleid. Inzwischen kannte sie Verenas Opfer-Spielchen viel zu gut. Sie würde ihr garantiert nicht den Gefallen tun, dieses Spielchen mitzumachen. Stattdessen würde sie sie ab sofort wie Luft behandeln und heimlich beobachten. Denn eins war klar: Verena zählte zu den Hauptverdächtigen. Und die beiden anderen Verdächtigen sollte sie am besten auch gleich befragen. So lange mussten Kim und Franzi noch auf ihre Mail warten.
Da Doreen nicht in ihrem Zimmer war, sah Marie im Fit-

nessraum nach. Doreen lag auf einer Matte und machte mit schmerzverzerrtem Gesicht Übungen für ihre Bauchmuskulatur.

»Darf ich dich kurz unterbrechen?«, fragte Marie.

Doreen wischte sich mit einem Handtuch den Schweiß von der Stirn. »Was gibt's denn?«

»Ich wollte dich nur fragen, ob du vielleicht einen Tipp hast, wer hinter der fiesen Attacke gegen Ariane und Luzie stecken könnte.«

Doreen sah Marie erschrocken an. »Ich war es nicht! So was würde ich nie tun. Ich bin für einen fairen Wettbewerb. Alle haben die gleichen Chancen. Das dachte ich bis jetzt wenigstens …« Sie starrte auf ihren Bauch und stöhnte. »Das war echt unfair von Janneke! Mein Attest ist voll korrekt und ich trainiere auch schon wieder hart.«

»Das sehe ich, und ich glaube dir auch«, sagte Marie und versuchte, das Thema anders einzukreisen. »Was hältst du übrigens von Ariane und Luzie?«

Doreen verzog den Mund. »Na ja … Ariane ist schon ziemlich blass. Sie macht nichts aus ihrem Typ, zieht langweilige Sachen an, schminkt sich kaum …«

»Du meinst also, sie ist zu wenig ehrgeizig?«, hakte Marie sofort nach.

»Nein!«, protestierte Doreen. »Das wollte ich damit überhaupt nicht sagen.«

»Und was hältst du von Luzie?«, legte Marie nach.

Diesmal war Doreen vorsichtiger. »Nein … Ich will nicht schlecht über andere reden.«

»Das bleibt unter uns, versprochen!«, sagte Marie.

Da rückte Doreen doch mit ihrer Meinung heraus: »Luzie glaubt, sie muss dauernd Babysitter für Ariane spielen. Sie sollte sich lieber um ihre eigene Karriere kümmern. Nur eine von uns kann das beste Topmodel werden. Irgendwann muss sie sich eh von ihrer Freundin trennen, so oder so.«

Marie nickte. »Da hast du recht. Danke dir, dass du so ehrlich bist. Eine letzte Frage habe ich noch, aber versteh sie bitte nicht falsch. Ich will dich bestimmt nicht verdächtigen. Warst du die ganze Pause über auf der Terrasse?«

»Nein«, antwortete Doreen. »Ich hatte Durst und hab mir aus der Küche was zu trinken geholt. Danach bin ich gleich rüber ins Wohnzimmer gegangen.«

Marie lächelte. »Danke! Du hast mir sehr geholfen. Mir lässt diese Sache einfach keine Ruhe, weißt du. Ach, übrigens …«, sie zeigte auf Doreens Bauch, »sieht richtig straff aus!«

Doreen strahlte. »Findest du?« Dann setzte sie mit doppeltem Eifer ihre Bauchübungen fort.

Während Marie zurück in den ersten Stock lief, um bei Pauline vorbeizuschauen, setzte sie im Geiste Doreen gleich hinter Verena auf die Liste der Verdächtigen. Ihre Eifersucht auf Ariane und Luzie war auf jeden Fall ein starkes Motiv.

Auf das letzte Verhör hatte Marie am wenigsten Lust. Pauline mit ihrer unverschämten Art konnte sie noch weniger leiden als Verena. Prompt fauchte Pauline sie gleich bei der ersten Frage an. »Ob ich einen Tipp habe, wer es war? Was soll das hier werden? Ein Verhör, oder was? Bist du von der Polizei? Dir muss ich gar nichts sagen!«

»Wie du willst«, sagte Marie kühl. »Du weißt, dass du dich damit nur noch mehr verdächtig machst.«

Pauline riss beide Arme hoch. »Ja, Frau Polizistin, ich war's! Ich hab die Schuhe geklaut und das Handy eingeschmuggelt, aber das ist erst der Anfang meiner Rache. Ich werde die beiden umbringen und danach alle anderen Bewerberinnen, bis nur noch ich übrig bin. Ha, ha, ha, uaaah!« Sie fletschte die Zähne wie ein Vampir und fuhr ihre langen, schwarz lackierten Fingernägel aus.

»Sehr witzig!«, sagte Marie und sparte sich die Frage nach Paulines Alibi während der Tatzeit, da sie sowieso nicht darauf antworten würde.

Betreff: Grauen im Modelhaus

Hallo Kim, hallo Franzi!

Hier ist die Hölle los ist! Warum habt ihr mich bloß nicht davon abgehalten, bei diesem Casting mitzumachen? Ja, ich weiß, ich war selber ganz scharf drauf! Das hab ich jetzt davon: Zickenkrieg und Starallüren von morgens bis abends. Die eigentlichen Termine und Fotoshootings laufen mehr so nebenher. Mein einziger Lichtblick: die Köchin Roswitha. Sie ist voll in Ordnung.

Aber jetzt haltet euch fest, denn es kommt noch schlimmer: Eins von den Mädchen (oder womöglich sogar zwei) will offenbar Ariane und Luzie ausbooten und schreckt dabei vor nichts zurück. Die bisher verübten Sabotageaktionen sind:

- *geklaute Schuhe (die von Ariane)*
- *ein eingeschmuggeltes Handy, das plötzlich in Arianes und Luzies Zimmer auftauchte*
- *eine anonyme Nachricht, die Ariane und Luzie bei der Jury anschwärzt*

Wir können davon ausgehen, dass die Sabotageakte weitergehen.
Die Tatverdächtigen sind:
*Verena (unser Liebling aus dem Jugendzentrum, *würg*), Doreen und Pauline.*
Verena und Doreen waren, was den Diebstahl der Schuhe betrifft, beide zur Tatzeit am Tatort. Bei Pauline muss ich es noch herausfinden.
Leider sind beide Indizien spurlos verschwunden. Arianes Schuhe scheinen sich in Luft aufgelöst zu haben und Annabelle hat das eingeschmuggelte Handy einfach weggeworfen, weil die SIM-Karte weg war und sie so wütend über die dreiste Aktion war.
Es gibt also einen neuen Fall für die drei !!!, oder soll ich besser sagen: für das einsame, überforderte Ausrufezeichen Marie? Ihr fehlt mir so! Warum seid ihr nicht da?
schluchz, seufz, kreisch!!!
So, ich hab mich wieder etwas beruhigt. Dabei ist mir was Verrücktes eingefallen. Ich weiß, es wäre total riskant, und ich hab auch keinen blassen Schimmer, wie ich das überhaupt deichseln könnte. Lasst es euch trotzdem durch den Kopf gehen, ja?
Also, um es kurz zu machen: Ihr müsstet wieder mal undercover arbeiten.
Mach nicht so ein angewidertes Gesicht, Kim! Du müsstest noch mal über deinen Schatten springen, aber ich verspreche dir, dass du diesmal nicht singen musst!
Was haltet ihr von meiner Idee? Bitte denkt ernsthaft drüber nach und überlegt euch, wie wir die Sache am besten anstellen könnten.

PS: Wie geht's dir, Franzi? Ist Benni immer noch abgetaucht? Halte durch! Vielleicht triffst du ja in der Zwischenzeit einen anderen süßen Typen. Du kennst ja den schlauen Spruch: »Man muss viele Frösche küssen, bevor ein Prinz dabei ist!«

Sobald Marie die Mail abgeschickt hatte, sehnte sie sich plötzlich total nach ihrem Prinzen aus Billershausen und schüttete ihm ihr Herz aus.

Liebster Holger!
Dein Lachen, deine Stimme, deine Küsse sind die Luft, die ich zum Leben brauche. Kannst du dir vorstellen, wie es mir jetzt geht – unter lauter durchgedrehten Mädchen, die nur ihren Körper und ihr Aussehen im Kopf haben?
Warum sehen wir uns bloß so selten? Hat sich das Schicksal das als besondere Prüfung für uns ausgedacht, damit wir noch enger zusammenwachsen?
Küsse, Küsse, Küsse!!!
Deine Marie

Nach der zweiten Mail fühlte sich Marie noch einsamer und erschöpfter. Mit letzter Kraft schleppte sie sich zu ihrem Zimmer. Als sie den Flur entlangschlich, ging eine Tür auf und Bettys blonder Lockenkopf erschien im Türrahmen. »Hey, Marie! Was ist denn mit dir los? Magst du kurz reinkommen? Meine Zimmernachbarin ist gerade nicht da.« Eigentlich hatte Marie vorgehabt, sich für den Rest des Tages im Bett zu verkriechen, aber das war auch nicht die Lösung.

»Warum nicht?«, sagte sie deshalb und gab sich einen Ruck. Betty hielt ihr lächelnd die Tür auf. Warmes Licht aus orangefarbenen, japanischen Lampen flutete Marie entgegen. Auf dem Boden lag ein flauschiger, weißer Teppich. Darauf stand eine Schale mit duftenden Rosenblättern und eine dampfende Teekanne.
»Magst du Roibuschtee mit Vanillearoma?«, fragte Betty.
Eigentlich war Maries, Kims und Franzis Lieblingsgetränk *Kakao Spezial* mit Vanillearoma, aber der Tee duftete genauso herrlich. »Gern«, sagte Marie und ließ sich im Schneidersitz auf dem Teppich nieder. Von hier aus konnte sie Bettys offenen Kleiderschrank sehen. Betty hatte ihre Kleider und Schuhe nach Farben sortiert und die Gürtel und Tücher sorgfältig aufgerollt. Auf dem Tisch daneben lag ein Ordner, in dem Betty anscheinend gerade noch geblättert hatte. Marie erkannte hinter Klarsichthüllen eine Fotostrecke von Betty.
»Du hast schon Modelerfahrung?«, fragte sie interessiert.
Betty winkte ab. »Ach, das waren nur ein paar Katalogbeilagen, nichts Besonderes.« Schnell klappte sie den Ordner zu und sah Marie aufmerksam an. »Komm! Jetzt erzähl mal, was dich bedrückt. Ist es wegen den Zicken hier? Oder wegen des gemeinen Spruchs auf dem Flipchart? Das war ja echt das Allerletzte!«
»Ich bin ja so froh, dass du das genauso siehst!«, sagte Marie. »Allen anderen scheint das total egal zu sein, die denken nur an sich und ihre Karriere, aber mir geht die Sache einfach nicht aus dem Kopf.«
Betty stellte ihre Teetasse abrupt auf dem Boden ab. »Mir auch nicht. Wenn ich heute nicht beim Fotoshooting gewe-

sen wäre, hätte ich den Mädchen gehörig die Meinung gesagt! Wie kann man nur so was Feiges und Gemeines tun?«
»Ich weiß auch nicht«, sagte Marie. Mit jedem Schluck Tee fiel die Anspannung wie ein schwerer Mantel von ihr ab. Erst jetzt merkte sie, wie sehr sie die ganze Zeit unter der schlechten Stimmung und den Intrigen gelitten hatte. »Es tut echt gut, mit dir zu reden!«
Betty fuhr sich mit der Hand durch die blonden Locken. »Das kann ich nur zurückgeben. Sag mal, darf ich dich noch was Persönliches fragen?«
»Klar«, antwortete Marie.
Betty holte tief Luft und sah Marie mit ihren klaren, grünen Augen an. »Du bist doch Detektivin, oder, in einem Club mit zwei anderen Mädchen? Entschuldige, dass ich dich einfach so überfalle, aber Verena hat aus dem Nähkästchen geplaudert.«
»Das war ja zu erwarten«, seufzte Marie.
Betty lachte kurz, dann wurde sie wieder ernst. »Es ist nur so eine Idee, und du kannst natürlich Nein sagen, aber … also, falls du Hilfe brauchst bei deinen Ermittlungen, Zeugen verhören oder so … oder Indizien sammeln und katalogisieren. Ich bin gut in solchen Sachen. Ich helf dir gern. Und ich fände das total spannend.«
Am liebsten hätte Marie sofort Ja gesagt, aber sie konnte sich gerade noch zurückhalten. Die drei !!! hatten Prinzipien, die niemand verletzen durfte. Eins dieser Prinzipien war, dass sie grundsätzlich keine außenstehenden Personen in ihre Ermittlungen einweihten, geschweige denn als Assistenten hinzuzogen. Das war einfach viel zu gefährlich.

Betty schien ihre Gedanken zu erraten. »Ist schon okay«, sagte sie. »Ich kann gut verstehen, dass du niemanden einweihen willst. War auch nur so eine blöde Idee …«
Marie schüttelte den Kopf. »Nein, die Idee war überhaupt nicht blöd! Ich bin nämlich gerade alleine. Meine beiden Kolleginnen sind nicht im Modelhaus und …« Den Rest dachte sie nur, statt ihn auszusprechen: Die Wahrscheinlichkeit, dass sie Kim und Franzi ins streng bewachte Modelhaus einschmuggeln konnte, war gleich null.
Marie wusste, dass Kim und Franzi sie für das, was sie jetzt gleich tat, umbringen würden, aber sie tat es trotzdem. »Also gut«, sagte sie zu Betty. »Ich nehme dein Angebot an. Du bist mit an Bord!«

Der Tag der Entscheidung

Jedes Mädchen hat einen heimlichen Traum, der so unrealistisch ist, dass sie ihn niemandem erzählt, um nicht ausgelacht zu werden. Manche träumen davon, ihren heiß geliebten Popstar zu küssen. Andere sehnen sich nach einem eigenen Pferd. Marie träumte seit Jahren davon, einmal ihren Lieblingsdesigner kennenzulernen. Und heute ging dieser Traum in Erfüllung! Marie stand mitten im Showroom von *Markino,* dem coolen Label für T-Shirts in Knallfarben mit verrückten Comic-Aufdrucken und Strass-Steinen, die leider so sündhaft teuer waren, dass sie sich keins davon leisten konnte.

Chefdesigner Markino hatte ein markantes Gesicht und war noch unglaublich jung, Marie schätzte ihn auf höchstens Mitte zwanzig. Er lebte abwechselnd in Deutschland und London und holte sich auf den Straßen der britischen Hauptstadt seine Ideen. Auf den Fotos, die Marie von ihm gesehen hatte, sah er immer total cool und unnahbar aus. Das war er aber in Wirklichkeit überhaupt nicht.

Markino begrüßte Janneke, Annabelle und die Topmodel-Kandidatinnen mit großem Hallo und Küsschen rechts und links. Dann bot er ihnen eisgekühlte Cola und japanische Cracker an und setzte sich mit ihnen auf die knallbunten Sitzkissen, die am Boden des Showrooms verteilt waren.

»Hi, schön, dass ihr da seid!«, sagte er und schenkte ihnen sein umwerfendes Lächeln. »Ihr seht toll aus. Janneke hat mir erzählt, dass das heute euer erstes Casting ist. Ihr braucht

euch keine Gedanken zu machen. Bei mir ist alles ganz locker, ganz easy. Ich blättere schon mal eure Sedcards durch und da drüben hab ich ein paar Shirts aus meiner neuen Kollektion für euch, in denen ich euch gern laufen sehen würde.«
»Cool!«, rutschte es Luzie heraus, als sie die tollen Shirts auf der Kleiderstange entdeckte.
Alle lachten, bis auf Verena. Die konzentrierte sich darauf, Markino mit einem verführerischen Augenaufschlag zu bezirzen.
Markino schien ihn leider nicht zu bemerken. »Stylen könnt ihr euch nebenan«, sagte er. »Mein Look bei den Schauen in Mailand soll diesmal sehr punkig und verrückt sein: Schwarz, Schwarz und noch mal Schwarz bei den Augen, Bonbonfarben auf den Wangen und auf dem Mund und dazu ausgeflippte Frisuren. Es muss heute nicht perfekt sein, ihr stylt euch ja fürs Casting selber, weil Giovanni nicht da ist. Ich will einfach nur sehen, was euch zu meinem Motto einfällt, okay?«
»Okay!«, kam es zurück und alle strahlten Markino an.
»Worauf wartet ihr noch?«, fragte Janneke.
Das ließen sich die Mädchen nicht zweimal sagen. Sofort sprangen sie auf, hechteten zur Kleiderstange und stürzten sich auf die T-Shirts. Marie hatte eine Sekunde zu lange gewartet und musste sich mit dem Rest zufriedengeben, den ihr die anderen übrig ließen. Erst wollte sie sich aufregen, aber dann dachte sie sich: Was soll's? Es kommt sowieso darauf an, welchen Typ Markino sucht.
Schnell nahm sie ein knallgrünes Shirt mit einem übergro-

ßen Kussmund vom Bügel und folgte ihren Mitbewerberinnen in die Garderobe. Dort herrschte bereits ein unbeschreibliches Chaos aus Schuhen, überquellenden Beautycases und Kleiderhaufen. Marie ergatterte gerade noch einen Platz neben Ariane und schlüpfte aus ihrer Bluse. Die gelbe Jeans konnte sie zum Glück anlassen, die passte super zum grünen Shirt. Die Schuhfrage war schon wesentlich komplizierter. Deshalb verschob Marie sie lieber auf später und öffnete ihr Beautycase.

»Was soll ich bloß mit meinen Haaren machen?«, seufzte Ariane neben ihr. »Die sehen aus wie zerkochte Spaghetti.«

Marie musste kichern. »So ein Quatsch!« Dann warf sie einen prüfenden Blick auf die Haare ihrer Nachbarin. »Hmm … warte mal … Wie wär's, wenn du sie erst kräftig antoupierst und dann mit Gel lauter Stacheln machst, wie ein Igel?«

»Ja, das ist genial. Danke!«, sagte Ariane und machte sich sofort an die Arbeit.

»Gern geschehen«, sagte Marie und kramte ihren schwarzen Kajal heraus. Zwei Minuten später sah sie aus wie eine Mischung aus Punk und Vampir. Jetzt fehlten nur noch die Knallfarben als Kontrast. Marie verteilte gelben und pinkfarbenen Lidschatten auf ihren Wagen. Danach zog sie ihre Lippen mit einem knallroten Konturenstift nach. Gerade als sie den Mund mit rotem Lippenstift ausfüllen wollte, stieg ihr plötzlich ein merkwürdiger Geruch in die Nase. Irgendwas roch hier sehr, sehr streng. Der Geruch kam Marie total bekannt vor, aber ihr fiel einfach nicht ein, woher.

Mit gerunzelter Stirn drehte sie sich zu Ariane um. Die war fertig mit dem Toupieren und hatte eben eine große Tube mit Haarstyling-Gel aufgeschraubt. Konnte es sein, dass das Haargel so intensiv roch? Aber auf der Packung stand Zitrone und dieselbe Marke hatte Marie auch schon mal benutzt. Ariane nahm die Tube in die Hand und wollte sie großzügig über ihrem Kopf ausdrücken. Plötzlich zuckte eine schreckliche Erkenntnis durch Maries Gehirn. »Nein, nicht!«, rief sie und riss Ariane die Tube aus der Hand.

»Hey, was soll das?«, beschwerte sich Ariane. »Das ist meine.«

»Trotzdem muss ich sie dir leider wegnehmen«, sagte Marie ungerührt.

Ariane blitzte sie wütend an. »Hast du sie noch alle?«

»Ich schon!«, antwortete Marie. Dann beugte sie sich zu Ariane vor und zischte ihr ins Ohr: »In der Tube ist kein Haargel, das ist Enthaarungscreme!«

»Hä?«, fragte Ariane.

Marie deutete auf ihre Beine und anschließend auf ihren Kopf. Endlich fiel bei Ariane der Groschen. Sie wurde blass, rief: »Iieeh!«, und warf die Tube mit der Enthaarungscreme im hohen Bogen in den Mülleimer.

Marie fischte das Beweisstück mit einem Papiertaschentuch sofort wieder heraus, vielleicht waren ja die Fingerabdrücke des Täters drauf. Da kamen Luzie und Betty angelaufen. Sie hatten als Einzige mitbekommen, dass irgendwas nicht stimmte, alle anderen waren viel zu sehr mit sich selbst beschäftigt.

»Was ist denn passiert?«, fragte Luzie besorgt.

Ariane war so aufgelöst, dass sie kein Wort herausbrachte.

»Jemand hat Enthaarungscreme in ihre Flasche mit Haargel gefüllt«, klärte Marie die beiden auf.

»Nein!«, rief Luzie und legte schützend die Arme um ihre Freundin.
Betty pfiff durch die Zähne. »Jetzt reicht's aber! Die fiese Schlange, die das getan hat, knöpfe ich mir persönlich vor. Die kann was erleben!«
In dem Moment kam Janneke in die Garderobe und klatschte ungeduldig in die Hände. »Schlaft nicht ein, Mädels! Beeilt euch! Los, die Erste geht gleich raus. Wer ist schon so weit?«
Betty hob noch vor Pauline die Hand. »Ich!« Sie warf energisch ihre blonden Locken zurück und raunte Marie beim Rausgehen zu: »Bin gleich wieder zurück, dann machen wir sie fertig!«
Marie seufzte. Betty stellte sich das alles viel zu einfach vor. Erst mal mussten sie die Täterin oder den Täter überhaupt finden!
Mit einem Schlag war Maries gute Laune dahin. Es machte ihr nicht mal Spaß, passende Schuhe zu ihrem Outfit auszusuchen. Lustlos schlüpfte sie in ein Paar schwarze Peeptoes und checkte die Wirkung im Spiegel. Vorhin hatte sie noch schräg und supersexy ausgesehen, jetzt sah sie nur noch schräg aus.
Dann musste sie wieder ewig warten und wurde als Allerletzte hereingerufen. Mit wackeligen Beinen lief sie vor Markino und hoffte inständig, er würde es nicht bemerken. Vorsichtig setzte sie einen Fuß vor den anderen, während ein Fotograf hektisch Fotos von ihr knipste.
»Sehr, sehr schön!«, sagte Markino. »Du verkörperst hundertprozentig den Lifestyle meiner Mode.«

Marie war so überrascht, dass sie beinahe aus ihren Schuhen gekippt wäre.
»Bleib gleich da«, sagte Markino. »Glückwunsch, Marie, du hast den Job! Du wirst übernächste Woche in Mailand zusammen mit Pauline für mich laufen.«
Marie riss die Augen auf. »*Ich?* Ich soll …?« Dann gingen ihr die Worte aus.
Markino lachte schallend. »Ja, du! Oder hast du etwa keine Lust?«
»Doch, klar!«, sagte Marie schnell und jetzt erst schwappte die Begeisterung wie eine Welle über sie hinweg. Von dieser riesigen Chance hatte sie nicht mal zu träumen gewagt. Wenn nicht tief in ihrem Bauch die Sache mit Ariane gebohrt hätte, wäre sie vor lauter Freude in die Luft gesprungen.
»Und zur Belohnung bekommen Pauline und du jeweils einen Shopping-Gutschein«, verkündete Janneke.
»Danke, danke!«, rief Marie. Sie verteilte ringsum Küsschen an Markino und die Jury und wollte gerade gehen, als Annabelle sie zurückhielt. »Du weißt ja, dass heute der erste Entscheidungstag ist. Von drei Mädchen müssen wir uns heute leider trennen, aber ich kann dir jetzt schon verraten, dass du nicht dazugehörst. Dein Foto bekommst du, wenn wir gleich im Anschluss an das Casting unsere Entscheidung bekannt geben.«
Jetzt hätte Marie wirklich einen Grund zum In-die-Luft-Springen gehabt, doch plötzlich wurde ihr klar, dass alle ihre bisherigen Versuche, den Saboteur zu entlarven, völlig umsonst sein könnten, falls Ariane und Luzie rausflogen und der Täter genau das erreicht hatte, was er wollte.

»Danke«, murmelte Marie. »Und … was … was ist mit Ariane und Luzie? Kommen die auch weiter?«
Janneke verzog den Mund. »Das können wir dir natürlich nicht verraten, sonst wäre ja die ganze Spannung weg.«
Klar, dachte Marie. Die Zuschauer sollten so lange wie möglich mitfiebern und dabei zusehen, wie Ariane und Luzie in Tränen aufgelöst vor der Jury standen, bis sie endlich erfuhren, ob sie nun ein Foto bekamen oder nicht.
In der nächsten Stunde durchlitt Marie Höllenqualen. Verena, Pauline und Doreen hatten Glück und kamen problemlos weiter, aber Marie konnte ihnen nur halbherzig gratulieren. Ihre Daumen wurden ganz weiß, so fest drückte sie sie für Ariane und Luzie. Die beiden mussten auch noch zu zweit vor die Jury treten, was meistens bedeutete, dass nur eine weiterkommen würde. Marie konnte das Ganze zwar von der Garderobe aus am Bildschirm verfolgen, aber leider fehlte das Wichtigste: der Ton.
Nach einer halben Ewigkeit kamen Ariane und Luzie blass und zittrig zurück. Sie hatten die Hände hinter dem Rücken und blieben zögernd in der Tür stehen.
»Und?«, fragte Marie. »Was hat die Jury gesagt?«
Da holten die Freundinnen ihre Fotos hervor und winkten strahlend damit. »Wir sind weiter!«
Marie sprang vom Sofa und fiel den beiden um den Hals. Sie war so erleichtert, dass ihr die Tränen kamen.
Da stupste Betty sie von hinten an und flüsterte ihr zu: »Freu dich nicht zu früh! Noch sind unsere drei Hauptverdächtigen dabei und laufen frei herum. Aber die werden wir schon noch schnappen, ganz bestimmt.«

Marie war sich da leider überhaupt nicht sicher. Außerdem hatte sie immer stärker das Gefühl, dass es ein Riesenfehler gewesen war, Betty einzuweihen. Sie hatte überhaupt keine Erfahrung als Detektivin.
Sobald die Mädchen zurück im Modelhaus waren, schlich sich Marie in den Gemeinschaftsraum und checkte ihre E-Mails. Holger hatte ihr leider nur ganz kurz, aber dafür umso zärtlicher geschrieben.

Liebste Marie,
ich vermiss dich auch sehr: du meine Luft, du mein Leben! Bald sind wir wieder vereint.
Love, Holger

Bevor Marie anfing zu heulen, las sie lieber schnell die E-Mail von Kim und Franzi. Ihre Freundinnen hatten ihr eine gemeinsame E-Mail geschrieben.

Betreff: RE: Grauen im Modelhaus
Hallo Marie!
Das hört sich ja schrecklich an, was du alles durchmachen musst. Wir haben vollstes Mitleid mit dir!
Dein Vorschlag, dass wir undercover einsteigen, klingt wirklich ziemlich verrückt. Franzi und ich haben heiß darüber diskutiert und eine Pro-und-Kontra-Liste aufgestellt. Die wollen wir dir ersparen, weil sie sehr lang und teilweise sehr emotional ausgefallen ist (Stichwort: Zicken-Alarm!). Aber wir stimmen völlig mit dir überein, dass die feige Saboteurin geschnappt werden muss. Und wir haben auch eine verrückte Idee: Braucht eure

nette Köchin zufällig zwei Küchenhilfen, die auch gerne Reste vertilgen? (Anmerkung von Franzi: Letzteres würde Kim übernehmen!) Wir würden uns glatt zur Verfügung stellen.
Mail uns bald, wir können dir über unsere Handys sofort zurückmailen!
Liebe Grüße
Kim und Franzi
PS von Franzi: Benni ist leider immer noch abgetaucht. Danke für deinen Rat, Marie! Zurzeit hab ich noch keine Lust, mich mit anderen Jungs zu treffen, aber vielleicht kommt das noch!

Marie tippte sofort drauflos.

Betreff: Noch eine viel bessere Idee!
Hallo Kim, hallo Franzi!
Das Wichtigste und Schrecklichste gleich vorweg: Hier geht alles drunter und drüber. Es ist schon wieder was passiert! Jemand hat Enthaarungscreme in Arianes Haargel-Flasche gefüllt. Wenn ich es nicht gerade noch rechtzeitig gemerkt hätte, würde die arme Ariane jetzt mit einer Glatze rumlaufen.
Ihr müsst also unbedingt kommen! Leider braucht Roswitha keine Küchenhilfen. Das hat sie gleich am Anfang allen Mädchen verkündet. Aber ihr könntet als Styling-Assistentinnen bei Giovanni einsteigen. Der ist ziemlich im Stress, weil er neben dem Job im Modelhaus noch zwei andere Jobs am Laufen hat.
Ja, ich weiß, was ihr jetzt sagen werdet: Ihr seid absolut keine Styling-Experten (im Gegensatz zu mir) und ihr würdet bestimmt sofort auffliegen. Denkt bitte trotzdem darüber nach. Es ist unsere einzige Chance! Ich werde versuchen, Annabelle ge-

schickt dazu zu überreden, euch einzustellen. Und ich lasse euch nicht allein. Außerdem könnt ihr bei mir zu Hause meine Sweet-*Exemplare durchforsten, da hat Giovanni regelmäßig Make-up-Profi-Tipps veröffentlicht. Also, was meint ihr? Rettet mich!*
Marie
PS an Franzi: Das wird schon! :-))

Nach etlichem Hin und Her und einigen Ausflüchten konnte Marie ihre Freundinnen endlich überreden. Obwohl sie immer noch Angst hatten, aufzufliegen, stimmten Kim und Franzi schließlich zu. Marie rieb sich die Hände. Jetzt musste sie nur noch Annabelle um den Finger wickeln!
Marie hatte wichtige Dinge noch nie auf die lange Bank geschoben. Also ging sie schnurstracks zu Annabelles Büro, klopfte und betrat zielstrebig den Raum. Mit einem gewinnenden Lächeln steuerte sie auf Annabelle zu und sagte: »Hallo, ich hoffe, ich stör dich nicht?«
Die Modelagentin sah von ihren Papieren auf und schüttelte den Kopf. »Nein, überhaupt nicht. Ich sitze gerade über der Buchhaltung und überlege schon die ganze Zeit, wie ich mich davor drücken könnte.«
Marie grinste. »Aha, verstehe!« Sie sah sich unauffällig in Annabelles Büro um und registrierte, dass die Ausstattung von einer teuren Designfirma stammte. Alle Möbel waren in Silber und Blau gehalten und sahen gleichzeitig seriös und modern aus. Annabelle war anscheinend sehr ordentlich und hatte alle Unterlagen in den praktischen Hängeschränken verstaut oder fein säuberlich in Ablagekörbchen.

»Was führt dich zu mir?«, fragte Annabelle und strich ihre langen, roten Haare hinter die Ohren.
»Mir ist etwas aufgefallen«, fing Marie an. »Giovanni hat doch wenig Zeit und muss sich um so viele Mädchen gleichzeitig kümmern. Neulich hat er mir gestanden, dass er manchmal gar nicht weiß, wo ihm der Kopf steht.«
Annabelle lehnte sich in ihrem Schreibtischstuhl zurück und nickte. »Ja, das hat er mir auch schon erzählt.«
»Natürlich würde er sich nie darüber beklagen oder um Unterstützung bitten«, sagte Marie. »Er ist echt toll und wahnsinnig engagiert, aber ich glaube, er würde sich über eine oder zwei Assistentinnen total freuen. Und zufällig kenne ich zwei Nachwuchs-Stylistinnen.«
»Ach, wirklich?«, fragte Annabelle interessiert.
Marie nickte und sah der Agentin direkt in die Augen, obwohl sie ihr jetzt eine ziemlich dreiste Lügengeschichte auftischte: »Kimberly und Franka haben mit meinem Vater am Set zusammengearbeitet und sind total begabt. Sie sind zwar noch sehr jung und haben gerade erst angefangen in ihrem Job, aber sie sind jetzt schon Profis.«
Annabelles Augen leuchteten auf. »Das ist ja toll! Bei deinem Vater haben sie gearbeitet? Spannend!«
Marie hatte gewusst, dass die Trumpfkarte mit ihrem Vater wirken würde. »Ja«, sagte sie. »Und sie hätten Zeit, kurzfristig einzuspringen. Ich hab schon mal unverbindlich bei ihnen angefragt. Und, was hältst du von meinem Vorschlag?«
»Hmm …«, machte Annabelle. »Ich weiß nicht. Das Budget für die Show ist leider sehr knapp, und wir hatten bereits einige unvorhergesehene Ausgaben.«

»Mach dir deshalb keine Sorgen«, sagte Marie. »Kimberly und Franka sehen das als riesige Chance, um Erfahrungen zu sammeln. Es geht ihnen nicht ums Geld.«
»Ach … schön!«, sagte Annabelle. Trotzdem zögerte sie noch und rückte die Gegenstände auf ihrem Schreibtisch gerade, obwohl sie bereits rechtwinklig ausgerichtet waren.
Außer den üblichen nüchternen Büro-Utensilien hatte sie nur ein persönliches Foto aufgestellt. Marie warf einen flüchtigen Blick darauf und stutzte. Das Foto kannte sie doch! Tatsächlich, es war genau dasselbe Foto, das auch Roswitha in der Küche stehen hatte: das Schulfoto von Annabelle und Roswitha. Sofort musste Marie an Kim und Franzi denken. Ob sie wohl auch in fünfzehn Jahren noch beste Freundinnen sein würden? Hoffentlich!
Während sie noch darüber nachdachte, kam plötzlich Roswitha rein.
»Entschuldige, ich wusste nicht, dass du Besuch hast«, sagte sie. »Ich will dich nicht stören.«
Annabelle lächelte. »Du störst doch nie!«
Obwohl sich die Freundinnen nur kurz ansahen, spürte Marie, wie vertraut sie miteinander waren und wie sehr sie sich mochten.
»Wir sind sowieso gleich fertig«, sagte Annabelle. »Ich finde deine Idee ganz toll, Marie! Wenn wir uns über das Honorar einigen können und Giovanni und Janneke auch einverstanden sind, können Kimberly und Franka gerne kommen.«
»Danke!«, sagte Marie und schwebte wie auf Wolken zur Tür. Dabei hörte sie noch, wie Roswitha sagte: »Du bist ja schon wieder so fleißig! Kannst du mir mal deinen Trick

verraten, wie du das alles schaffst? Allein wie du die Bewerberinnen ausgesucht hast! Das ist echt die perfekte Mischung.«

»Du übertreibst mal wieder schamlos …«, wehrte Annabelle bescheiden ab.

»Nein, ich *unter*treibe«, sagte Roswitha. »Ach, übrigens: Hast du gerade die Adressenliste der Mädchen da? Ich würde gern nachsehen, woher die Bewerberinnen kommen, damit ich sie auch mit regionalen Leckerbissen verwöhnen kann.«

Annabelle griff zu einem Papier und gab es der Köchin. »Klar, hier ist sie!«

»Tschüss!«, sagte Marie, aber die Freundinnen waren so miteinander beschäftigt, dass sie sie gar nicht hörten.

Jede Menge Fingerabdrücke

Detektivtagebuch von Kim Jülich
Freitag, 16:11 Uhr
Es geht los! Ein neuer Fall wartet auf die drei !!!. Einerseits freue ich mich total und kann es kaum erwarten, Verena auf den Zahn zu fühlen. Andererseits graut mir vor der ersten Begegnung mit Giovanni. Wenn er nicht auf beiden Augen blind ist, wird er sofort merken, dass Franzi und ich keine echten Stylistinnen sind. Aber daran darf ich jetzt nicht denken. Ich muss einfach versuchen, so professionell wie möglich aufzutreten.
Es ist schon verrückt: Da hab ich immer lautstark verkündet, dass mich keine zehn Pferde in ein Modelhaus bringen würden, und jetzt tue ich es doch. Augen zu und durch!

Geheimes Tagebuch von Kim Jülich
Freitag, 16:25 Uhr
Lesen verboten! Wer es trotzdem tut, dem drehe ich eigenhändig den Hals um. Alles klar, meine allerliebsten Zwillingsbrüder Ben und Lukas?
Ich bin so hin- und hergerissen! Hab ich die falsche Entscheidung getroffen? Hätte ich doch lieber zu Hause bei Michi bleiben sollen? Er war so komisch gestern am Telefon, als ich es ihm gesagt hab. Und heute im Café Lomo *konnte er mir nicht mal richtig in die Augen sehen. Da kann er tausendmal beteuern, dass es ihm nichts ausmacht, mich mit dem Detektivclub zu teilen. Ich spür doch, dass es ihm sehr wohl was ausmacht. Und ich hab sogar einen Beweis dafür. Er trägt den Schlüsselanhän-*

ger nicht mehr, den ich ihm zu unserem vierwöchigen Jubiläum geschenkt habe! Das kleine, silberne Herz-Medaillon mit dem süßen Foto von uns beiden. Ich war so fertig, dass ich ihn nicht darauf ansprechen konnte.
Liebst du mich nicht mehr, Michi??? Es zerreißt mir das Herz, zusehen zu müssen, wie du dich von mir zurückziehst, und ich kann nichts dagegen tun! Soll ich jetzt die silberne Kette mit deinem Namen auch nicht mehr tragen? Nein, das schaffe ich nicht!
Ich darf Marie jetzt nicht im Stich lassen, und Franzi verlässt sich auch auf mich. Ich will die beiden auch gar nicht mit meinem Kummer belasten. Ich muss stark sein und meinen Job machen.
Warum ist es nur so schrecklich hart, erwachsen zu werden? Warum, warum?

Zwei Tage später wollte Marie frühmorgens zum Joggen aufbrechen, da stieß sie in der Eingangshalle mit zwei elegant gekleideten, jungen Frauen zusammen. Die Frauen waren etwa 18 Jahre alt, hatten beide schwarze, lange Haare, trugen auffälliges Make-up, große Sonnenbrillen und XXL-Shopper über der Schulter. Um den Hals hatten sie Seidentücher geschlungen und an jedem Finger glitzerte ein Ring. An der selbstbewussten Art, wie sie den Marmorfußboden zum Catwalk machten, erkannte Marie auf den ersten Blick, dass sie aus der Modelbranche stammen mussten.
»Kann ich euch … äh … Ihnen helfen?«, fragte sie höflich. »Sie wollen sicher zu Janneke, stimmt's?«
Die Frauen schüttelten die Köpfe und schwiegen.

»Dann zu Annabelle, oder?«, fragte Marie.
Wieder schüttelten die Frauen die Köpfe. Leider waren ihre Sonnenbrillen verspiegelt. Marie konnte die Augen der Models nicht sehen, fühlte aber ihre kritischen Blicke und wurde immer nervöser. Wahrscheinlich dachten die beiden gerade, was das hier für eine blutige Anfängerin war.
Marie holte tief Luft. »Bitte sagen Sie mir doch, wen Sie suchen!«
Da fingen die Models plötzlich an zu lachen.
»Was ist denn so komisch?«, fragte Marie angesäuert. Langsam hatte sie die Nase voll von den arroganten Zicken.
Da schob die rechte Frau ihre Sonnenbrille auf die vordere Nasenspitze und zwinkerte Marie zu. »Hallo, Schätzchen! Wir suchen das Grauen im Modelhaus. Sind wir hier richtig?«
»Franzi, Kim!«, kreischte Marie. »Mensch, ich hab euch echt nicht erkannt.«
Kim legte den Zeigefinger an den Mund. »Pssst! Oder willst du, dass Verena auftaucht und unsere ganze schöne Tarnung auffliegt?«
Marie kicherte. »Nein, natürlich nicht«, flüsterte sie. »Aber ihr könnt ganz beruhigt sein. Verena schläft noch tief und fest, und die anderen auch. Los, kommt mit in den Garten! Und dann müsst ihr mir alles erzählen. Woher habt ihr die Perücken und die tollen Taschen her?«
»Berufsgeheimnis«, sagte Franzi, während die drei !!! im schützenden Dickicht großer Lindenbäume verschwanden. »Aber bei dir machen wir eine Ausnahme und verraten dir unser Geheimnis: Wir sind in eine Designer-Boutique einge-

brochen und haben alles mitgenommen, was wir tragen konnten.«
Marie grinste. »Wie habt ihr das denn ohne mein Einbrecher-Set geschafft?«
Kim und Franzi prusteten los. Marie fielen gleich mehrere Steine vom Herzen. »Ich kann euch gar nicht sagen, wie froh ich bin, dass ihr da seid! Das Leben hier ist die Hölle.«
»Die du dir selbst eingebrockt hast«, konnte sich Franzi nicht verkneifen zu sagen.
Marie warf ihr einen genervten Blick zu, aber im nächsten Moment lachte sie schon wieder. Franzi hatte ja im Grunde recht. Außerdem gab es jetzt wirklich Wichtigeres, als sich zu streiten. »Habt ihr das Fingerabdruck-Set dabei?«, fragte sie.
»Klar«, sagte Kim. »Den Rest unserer Detektivausrüstung natürlich auch. Die Sachen sind in unseren Koffern, und die Koffer stehen in der Garderobe in der Eingangshalle. Aber jetzt erzähl du! Hat der Täter noch mal zugeschlagen?«
»Noch nicht«, raunte Marie. »Aber morgen hätte er wieder eine super Gelegenheit. Da findet nämlich das nächste Casting statt. Ein ganz exklusiver Kunde, der die tollsten Abendkleider entwirft, die ihr euch nur vorstellen könnt: plissierte Seide mit Spitzeneinsätzen und Bordüren aus weinrotem Samt und dazu ...«
»Sehr interessant«, unterbrach Kim sie mitten im Satz und verdrehte die Augen. »Aber kommen wir wieder zur Sache.«
»Genau«, sagte Franzi. »Wann, meinst du, wird der Täter wieder zuschlagen?«
Marie antwortete nicht. Sie hörte gar nicht zu, sondern starrte in eine völlig andere Richtung.

»Hast du Watte in den Ohren?«, fragte Franzi.
»Nicht jetzt!«, flüsterte Marie. »Da kommt Giovanni.«
Sofort rutschte Kim das Herz in die Hose. »Was? Bitte nicht! Du hast doch gesagt, alle schlafen noch.«
»Das dachte ich auch«, flüsterte Marie zurück, »aber ich …«
Mehr konnte sie nicht mehr erklären, denn der Stylist kam bereits auf sie zugelaufen. Er trug eine schwarze Jogginghose und ein knallrotes Muscle-Shirt, das seinen durchtrainierten, männlichen Oberkörper perfekt zur Geltung brachte.
Franzi pfiff leise durch die Zähne. »So was sieht man nicht alle Tage.«
»Allerdings«, murmelte Kim und schluckte. Jetzt rutschte ihr Herz noch tiefer in die Hose. Als es ungefähr bei den Knien angelangt war, blieb Giovanni vor ihnen stehen. »*Ciao, belle ragazze!* Sind das deine Freundinnen, Marie?«
»Ja … äh … nein!«, stammelte Marie und biss sich auf die Zunge. »Ich kenne die beiden nur vom Sehen, vom Filmset meines Vaters. Giovanni: Das sind Kimberly und Franka, deine neuen Assistentinnen!«
Giovanni sah Kim und Franzi überrascht an, dann runzelte er die Stirn. »Ihr seht aber sehr jung aus. Wir alt seid ihr? Sechzehn?«
»Achtzehn«, sagte Kim, ohne mit der Wimper zu zucken, und dachte, dass sie doch noch mehr Make-up hätte auflegen sollen.
Franzi lachte. »Das passiert uns ständig! Auch in Clubs werden wir immer jünger geschätzt. Dabei sind wir schon ganz schön viel rumgekommen in unserem Leben: New York, L. A., Mailand … Stimmt's, Kimberly?«

»Stimmt«, sagte Kim schnell, starrte auf Giovannis Muskeln und versuchte krampfhaft, nicht rot zu werden.
Der Stylist sah Kim und Franzi immer noch prüfend an. Marie lächelte strahlend. »Die beiden sind absolute Genies! Und sie können arbeiten bis zum Umfallen.«
Langsam entspannte sich Giovannis Gesicht. »Na gut«, sagte er schließlich. »Dann kommt am besten gleich mit. Ich bin noch auf der Suche nach einem neuen Glamour-Look für das morgige Casting. Vielleicht habt ihr ja eine Idee aus New York mitgebracht?« Er nahm Kim und Franzi in die Mitte und lotste sie zum Modelhaus.
Verzweifelt drehte sich Kim nach Marie um, aber die war genauso erschrocken und zuckte nur hilflos mit den Schultern. Da war es also, das Grauen im Modelhaus, und Kim spazierte mitten in den Abgrund hinein.

Fünf Minuten später betraten Kim und Franzi Giovannis Reich. Er hatte ein eigenes Studio mit verschnörkelten Spiegeln, schweren Brokatvorhängen, üppigen Polstersesseln und Unmengen von Schminkutensilien.
»Wow!«, rutschte es Franzi heraus.
Giovanni lachte. »Tja, nicht schlecht, die Bude hier, was? Auf den Schauen hab ich es nicht so komfortabel, da komme ich mir immer vor wie ein Fabrikarbeiter. Aber lasst uns gleich loslegen. Setz dich, Franka! Kimberly? Zaubere deiner Kollegin doch mal einen völlig neuen Look!«
»Gern«, sagte Kim, obwohl sie am liebsten sofort auf und davon gelaufen wäre, aber dazu war es jetzt zu spät. Panisch irrten ihre Augen zwischen den zahlreichen aufgeschlagenen

Schminktaschen hin und her. Bei den meisten Produkten hatte sie keine Ahnung, wozu sie gut sein sollten.
Giovanni sah auf seine Armbanduhr. »Worauf wartest du? In einer halben Stunde gibt's Frühstück.«
»Okay«, sagte Kim. Ihre Hände zitterten, als sie nach der erstbesten Tube griff, die wie eine flüssige Foundation aussah. Giovanni runzelte zwar schon wieder die Stirn, aber sie ignorierte es einfach. Mit einem Wattepad verteilte sie die Foundation auf Franzis Gesicht. Schon nach den ersten Strichen merkte sie, dass sie viel zu dunkel für Franzis blassen Teint war. Egal! Je mehr sie zögerte oder korrigierte, umso misstrauischer würde Giovanni werden. Schnell holte sich Kim diverse Tiegel, Schwämmchen, Pinsel und Tuben und legte los. Schicht für Schicht verwandelte sich Franzi vom sportlichen, natürlichen Typ in eine aufgetakelte Diva. Als Kim ihr Werk im Spiegel betrachtete, zuckte sie zusammen. Sie hatte viel zu dick aufgetragen!
»Fertig?«, fragte Giovanni.
Kim nickte und wartete auf seine vernichtende Kritik, während Franzi immer tiefer in ihrem Schminksessel versank. Giovanni rollte den Sessel in die Mitte des Raums, drehte ihn und begutachtete Franzi von allen Seiten. »Hmm …«, machte er. »Hmm …« Das hörte sich gar nicht gut an.
»Ich kann es auch noch mal versuchen«, sagte Kim leise.
Giovanni wischte ihre Worte mit einer energischen Handbewegung weg. *»No, no, no!* Kommt nicht infrage. Das ist … das ist … Lipgloss als Lidschatten! *Bizarro,* sehr seltsam!«
Kim wäre vor Scham am liebsten im Boden versunken. Wie hatte ihr das nur passieren können?«

»*Ecco* … hmm …« Giovanni schüttelte den Kopf, kratzte sich am Bart. Dann rief er plötzlich: *»Bravo!«,* packte Kim bei den Armen und drückte ihr zwei schmatzende Küsse auf die Wangen. »*Tu sei geniale!* Du bist ein Genie!«
»Was?«, rief Kim. Sie hatte mit allem gerechnet, nur damit nicht.
Giovanni strahlte sie an. »Du hast gerade einen neuen Look kreiert! Der ist *perfetto,* absolut perfekt. Versprich mir eins, *bella ragazza:* Mach morgen genau denselben Look für das Casting!«
»Klar!«, sagte Kim und bekam beinahe einen Herzinfarkt. Sie hatte nicht mal den Schimmer einer Ahnung, welche Produkte sie verwendet hatte und in welcher Reihenfolge!

»So, jetzt stört uns garantiert niemand!«, sagte Marie und drehte den Schlüssel zweimal im Schloss herum. Danach ging sie zu ihrem Himmelbett und setzte sich auf die flauschige Tagesdecke. Kim und Franzi rückten die roten Ledersessel zum Bett und schon konnte das Clubtreffen losgehen.
»Irgendwie seht ihr heute anders aus«, sagte Marie, kicherte und zog kurz an Franzis schwarzer Perücke.
»Lass sofort los!«, rief Franzi, lachte aber. »Schwarz steht uns gut, oder?«
»Sehr gut«, sagte Marie, obwohl sie sich an den neuen Anblick erst gewöhnen musste, auch an die Decknamen und den neuen Job ihrer Freundinnen. »Wie war's denn bei Giovanni?«, fragte sie.
Franzi grinste. »Super! Kimberly ist die neue Star-Stylistin.«
»Hör bloß auf!«, rief Kim. »Heute bin ich noch mal mit ei-

nem blauen Auge davongekommen, aber morgen werde ich mich bis auf die Knochen blamieren. Lasst uns bitte von was anderem reden. Wozu brauchst du eigentlich das Fingerabdruck-Set, Marie?«

»Dafür!«, sagte Marie und holte eine Plastiktüte mit Arianes Haargel-Tube unter dem Bett hervor.

»Nützt uns das überhaupt was?«, fragte Franzi. »Wir haben doch gar keine Fingerabdrücke zum Vergleich.«

»Von Ariane schon«, sagte Marie und präsentierte ihren Freundinnen eine zweite Plastiktüte, die sie ebenfalls unter dem Bett verstaut hatte. »Diese Gabel hat sie heute beim Mittagessen benutzt. Ich hab sie unauffällig mitgehen lassen.«

Kim grinste. »Sehr clever! Also dann, an die Arbeit!«

Die nächsten zwanzig Minuten arbeiteten die drei !!! konzentriert mit Marderhaarpinsel, Rußpulver und Klebeband.

»Fertig!«, sagte Marie triumphierend.

Franzi seufzte. »Ich fürchte, das war erst der Anfang. Ariane scheint ihr Gel an tausend Leute ausgeliehen zu haben. Jetzt haben wir zig Fingerabdrücke und zig mögliche Täter.«

»Genauer gesagt, neun mögliche Täter«, verbesserte Kim, die inzwischen die Fingerabdrücke gezählt und Arianes Abdruck abgezogen hatte.

Die drei !!! sahen sich an und stöhnten. Es würde ewig dauern, bis sie von sämtlichen Mädchen im Modelhaus Fingerabdrücke zum Vergleich bekommen würden.

»Da hilft nur eins: Augen zu und durch!«, schlug Franzi vor.

Marie nickte. »Und ohne unseren Powerspruch geht gar nichts.«

»Du hast recht«, stimmte Kim zu.

Immer wenn die drei !!! einen neuen Fall hatten oder gerade besonders viel Energie für ihre Ermittlungen brauchten, sagten sie den Powerspruch auf. Auch jetzt stellten sie sich feierlich im Kreis auf, streckten die Arme aus und legten die Hände übereinander. Dann riefen sie im Chor: »Die drei !!!.« Kim sagte: »Eins!«, Franziska »Zwei!« und Marie »Drei!«. Am Schluss hoben sie gleichzeitig die Hände in die Luft und riefen laut: »Power!!!«

»Power!!!«, kam plötzlich als Echo zurück.

»Warst du das?«, fragte Kim verwundert.

Marie schüttelte den Kopf und Franzi sagte: »Nö. Wir waren doch schon fertig.« Schweigend sahen sie sich an. Da hörten sie wieder ein lautes »Power!!!«.

»Das kommt von draußen«, sagte Kim. »Da lauscht jemand. Franzi kniff die Augen zusammen. »Na warte! Den knöpfe ich mir gleich mal vor.«

»Warte!«, rief Marie und hielt ihre Freundin zurück. »Lass mich das machen.« Beim zweiten Mal hatte sie die Stimme erkannt. Schnell lief sie zur Tür, drehte den Schlüssel herum und machte die Tür nur einen winzigen Spaltbreit auf. »Bitte geh wieder!«

»Aber das ist doch der Powerspruch eures Detektivclubs, von dem du mir erzählt hast«, sagte Betty. »Heißt das etwa, Kim und Franzi sind auch hier?«

»Ja«, murmelte Marie. »Aber du kannst nicht reinkommen.«

»Brauchst du Hilfe?«, fragte Franzi.

Marie wehrte ab. »Nein, nein! Ich komm schon klar.« Doch Betty ließ sich nicht so einfach abschütteln. Je mehr Marie auf sie einredete, umso hartnäckiger wurde sie.

»Ich glaube, du brauchst doch Hilfe«, sagte Franzi und schon stand sie neben Marie.
Betty strahlte. »Hi, Franzi! Ich hab schon so viel von dir gehört. Toll, dass ich dich endlich kennenlerne. Aber was hast du mit deinen Haaren gemacht? Auf dem Foto, das ich von euch in der Zeitung gesehen habe, waren sie viel kürzer. Trägst du zur Tarnung eine Perücke? Cool! Übrigens tausend Dank, dass ich bei eurem Club mitmachen darf.«
»Wie bitte?«, sagte Franzi. Dann starrte sie Marie fassungslos an. »Heißt das … Hast du etwa …?«
Plötzlich war auch Kim an der Tür und durchbohrte Marie mit einem bitterbösen Blick. »Du hast unsere Prinzipien verraten!«
»Ich komme wohl ungelegen …«, murmelte Betty. »Tut mir leid. Ich kann auch wieder gehen.«
»Nein, bitte bleib!«, rief Marie. »Jetzt ist es sowieso raus.« Sie drehte sich zu ihren Freundinnen um und sah sie flehend an. »Ja, es stimmt, ich hab Betty darum gebeten, mir bei den Ermittlungen zu helfen, weil ich ganz allein war und keine Ahnung hatte, ob ihr es schaffen würdet, ins Modelhaus zu kommen.«
Kim und Franzi starrten Marie immer noch wie eine Schwerverbrecherin an.
»Es tut mir leid, aber ich hatte keine andere Wahl!«, beteuerte Marie. »Das ist die absolute Ausnahme. Bitte, lasst Betty weiter mitmachen! Wir brauchen sie. Sie kann uns helfen, bei … Na, ihr wisst schon …« Marie warf einen Blick zur Haargel-Tube, die immer noch auf dem Bett lag.
Kim und Franzi tauschten einen endlosen, unschlüssigen

Blick. Marie spürte, dass sie ihr am liebsten ins Gesicht gesprungen wären, aber dann regten sie sich zum Glück wieder ab.
»Also gut«, sagte Kim endlich. »Du kannst uns helfen, aber wir behalten uns vor, dass wir nicht alle Details mit dir abstimmen und auch mal was alleine unternehmen. Wär das okay für dich?«
»Klar!«, sagte Betty. Dann beugte sie sich zu den drei !!! vor. »Ich hab übrigens noch einen brandheißen Hinweis für euch!«
»Welchen denn?«, wollte Franzi sofort wissen, doch in dem Moment läutete die Glocke zum Abendessen.
»Das erzähl ich euch später«, sagte Betty. »Jetzt müssen wir los, sonst bekommen wir wieder Fernsehverbot. Janneke hasst es, wenn man unpünktlich ist.«

Seit dem superleckeren Mittagessen hatte Kim sich auf das Abendessen und die neuen Köstlichkeiten von Roswitha gefreut, aber jetzt war ihr der Appetit vergangen. Plötzlich musste sie wieder an Michi denken und natürlich an den Hinweis, den Betty ihnen gleich verraten würde. So geheimnisvoll, wie sie tat, musste es ja etwas Sensationelles sein.
Es fiel nicht weiter auf, dass Kim die Hackfleischbällchen auf ihrem Teller hin und her schob. Die meisten anderen Mädchen rührten ihr Essen auch kaum an, weil sie Angst hatten zuzunehmen. Die Sorge kannte Franzi nicht. Trotzdem aß sie hauptsächlich Salat. Sie war einfach kein guter Esser und ihr ging es genau wie Kim wegen Michi: Benni spukte immer wieder in ihrem Kopf herum. Weil sie nicht mehr miteinander telefonierten, wusste er nicht mal, wo sie zurzeit war.

Nur Marie ließ sich die Hackfleischbällchen und das feine Erbsenpüree auf der Zunge zergehen. »Hmm, ist das gut!«, schwärmte sie.
Die anderen sahen sie mit einer Mischung aus Neid und Entsetzen an. Danach drehten sie sich schnell wieder weg. Nur Pauline konnte sich natürlich eine Bemerkung nicht verkneifen. *»Bon appétit!«,* sagte sie und grinste.
»Danke!«, sagte Marie extra laut.
Dann schwiegen alle betreten. Verena schenkte sich ein Glas Zitronenlimonade ein, und weil es sonst gerade nichts Spannendes gab, sahen alle ihr dabei zu. Verena hob langsam ihr Glas hoch und schnupperte misstrauisch daran. Dann rümpfte sie die Nase und setzte das Glas so heftig ab, dass die Limonade über den Rand schwappte. »Iiieh! Das trinke ich nicht.«
»Wieso denn nicht?«, fragte Doreen.
Verena zeigte auf das Glas, als ob darin ein unsichtbares Monstrum herumschwimmen würde. »Da ist *Zucker* drin!«
Kim und Franzi verdrehten die Augen. Langsam wurde ihnen klar, warum Marie immer vom »Grauen im Modelhaus« sprach. Was die Mädchen hier abzogen, war nicht mehr normal.
Auf einmal stand Roswitha am Tisch. Wegen Verenas zickigem Auftritt hatten sie sie gar nicht kommen hören. »Natürlich ist da Zucker drin«, sagte die Köchin. »Sonst wäre es keine Zitronenlimonade. Aber du kannst sie ruhig trinken, Verena. Ich hab die Limonade selbst gemacht, aus frischen Zitronen, Limetten und Ingwer. Die Vitamine werden dir guttun.«

Verena schüttelte angewidert den Kopf. »Das trinke ich nicht!«
Marie legte die Gabel weg. Jetzt war selbst ihr der Appetit vergangen. »Mensch, reiß dich doch mal zusammen! Du führst dich auf wie im Kindergarten.«
Verena ging nicht darauf ein, sie sagte einfach gar nichts. Seit dem unerfreulichen Gespräch im Billardzimmer ging sie Marie konsequent aus dem Weg.
Marie zwinkerte Roswitha zu. Wetten, dass die resolute Köchin sich das nicht gefallen ließ?
Doch statt Verena zurechtzuweisen, lächelte Roswitha sie nur freundlich an. »Tut mir wirklich leid, dass dir die Limonade nicht schmeckt. Kann ich dir vielleicht was anderes zu trinken bringen?«
Verena zögerte. »Hmm … ja! Ich hätte gern einen Schlankheitstee. Das ist ein Kräutertee mit Algen. Brennnesseln, Fenchel und Lemongras sollten auch drin sein, aber Algen sind das Wichtigste. Meine Mutter mischt mir den Tee zu Hause immer selber.«
»Klar, sonst noch Wünsche?«, murmelte Kim und Franzi tippte sich mit dem Zeigefinger an die Stirn. Marie grinste und freute sich schon auf Roswithas Reaktion.
Die runzelte zwar kurz die Stirn, blieb aber freundlich. »Deine Mutter kann das bestimmt gut. Du vermisst sie sehr, oder?«
Prompt wurden Verenas Augen feucht. Sie schien ein unermessliches Reservoir an Tränenflüssigkeit zu haben. »Ja!«, schluchzte sie. »Mama und Daddy lesen mir jeden Wunsch von den Augen ab.«

»Leider!«, flüsterte Betty Marie ins Ohr, und die nickte düster. Verena war das verwöhnteste Mädchen, das ihr je begegnet war.
Leider fiel Roswitha genau wie Janneke auf Verenas Masche herein. Sie legte Verena tröstend die Hand auf die Schulter und sagte: »Ich muss mal in der Küche nachsehen, ob ich so einen Tee habe. Bin gleich wieder da!«
Marie stöhnte. »Das glaub ich jetzt nicht!«
»Ich auch nicht«, sagte Franzi. »Kommt, lasst uns gehen, das halte ich nicht mehr länger aus.«
»Wartet!«, rief Kim. »Es gibt doch noch Nachtisch.« Sie hatte bereits auf dem Nebentisch ein Tablett mit Dessertschälchen entdeckt. Und in den Schälchen war Vanillepudding mit Himbeeren, ihr Lieblingsnachtisch! Den wollte sie sich nicht entgehen lassen. Auf Süßes hatte sie immer Lust.
»Na gut«, sagte Franzi, die wusste, dass Kim ihr sonst den ganzen Abend die Schuld an gefährlichem Zuckerentzug vorhalten würde.
Da stand auch schon Luzie auf, holte das Tablett und verteilte die Schälchen. Genießerisch tauchte Kim ihren Löffel in den Pudding und vergaß alles um sich herum – bis Roswitha wieder zurückkam.
Die Köchin stellte eine Teekanne vor Verena ab und füllte ihr dampfenden Tee in eine Tasse mit Blümchenmuster. »Zufällig hatte ich noch Kräutertee mit Algen, und Brennnesseln sind auch drin, frisch gepflückt! Probier doch mal!«
»Oh, danke«, sagte Verena gnädig und nahm die Tasse in die Hand. Sie blies in den heißen Tee und nahm vorsichtig einen kleinen Schluck. »Schmeckt gar nicht schlecht«, sagte sie.

Roswitha stemmte die Hände in die breiten Hüften und lachte. »Das freut mich!« Sie nickte Verena noch einmal herzlich zu, dann verschwand sie wieder in der Küche.
Während die anderen ihren Nachtisch löffelten, ertappte sich Franzi dabei, dass sie immer wieder zu Verena hinsehen musste. Die Show, die sie abzog, war einfach zu krass. Verena trank genüsslich zwei Tassen Algentee, der schon von Weitem so scheußlich roch, dass Franzi ihn freiwillig nie getrunken hätte. Danach stellte sie ihre Tasse ab und gähnte. »Ah, war das gut!«
Die anderen schüttelten nur die Köpfe. Verena streckte ihre Arme aus, dehnte und streckte sich, gähnte noch zweimal herzhaft und sagte dann in die Runde: »Heute kann ich bestimmt herrlich schlafen! Gute Nacht, Mädels!«
»Nacht«, murmelten ein paar, aber die meisten schenkten sich den Gruß.
»Na endlich!«, rief Marie. »Das wurde aber auch Zeit.«
Franzi nickte. »Für heute sind wir die Zicke los.«
Kim schob ihr Schälchen weg, das sie sorgfältig ausgekratzt hatte. Dann sah sie Betty neugierig an. »Du wolltest uns doch noch was erzählen, oder?«
»Allerdings«, sagte Betty.
Die drei !!! standen auf und verabschiedeten sich von den anderen Mädchen. Dann gingen sie hinaus in den Garten. Dunkle Wolken verdeckten den Mond und die Sterne und ein kühler Wind strich durch die Bäume und Sträucher.
»Also …«, fing Betty an, als sie sich weit genug vom Haus entfernt hatten. »Haltet euch fest, denn ihr werdet es nicht glauben: Verena hat irgendwas ganz Gemeines vor. Ich hab

heute Nachmittag zufällig mitbekommen, wie sie sich mit Pauline unterhalten hat. Dreimal hat sie Arianes und Luzies Namen erwähnt und dabei richtig triumphierend ausgesehen.«
Maries Herz klopfte schneller. »Was hat sie genau gesagt?«
»Sie hat von einem Plan gesprochen, der garantiert aufgehen würde«, erzählte Betty. »Und dass Ariane und Luzie ihr blaues Wunder erleben würden, schon in wenigen Stunden.«
Marie sah Betty entsetzt an. »In wenigen Stunden? Damit hat sie morgen früh gemeint. Klar, das ist die Gelegenheit!«
Sofort fielen Kim wieder das Casting und Giovannis Auftrag ein, den sie so schön verdrängt hatte. »Du meinst, sie wird beim Casting zuschlagen?«
Betty nickte. »Darauf wette ich. Und harmlose Enthaarungscreme wird es diesmal nicht mehr sein!«
»Ich will mir lieber gar nicht ausmalen, was Verena vorhat«, sagte Marie und bekam eine Gänsehaut. »Auf alle Fälle wird sie dafür sorgen, dass Ariane und Luzie sich beim Casting bis auf die Knochen blamieren.«
»Oder dass sie gar nicht erst in der Lage sind, das Casting anzutreten«, fügte Franzi hinzu. Sie riss ein Blatt von einem Lindenbaum und zerknüllte es in ihrer Faust. »Wer weiß, vielleicht stecken sie und Pauline ja unter einer Decke!«
Kim schluckte. Daran hatte sie noch gar nicht gedacht. Und noch etwas Seltsames fiel ihr jetzt auf. »Wisst ihr was? Verena hat garantiert nur vorgetäuscht, dass sie müde ist, weil sie heute noch ungestört ihre Vorbereitungen treffen will!«
»Damit müssen wir rechnen, ja«, sagte Betty.
Franzi warf das zerknüllte Blatt auf den Boden. »Los! Worauf warten wir noch? Ertappen wir sie auf frischer Tat.«

Nächtliche Ermittlungen

»Au ja!«, rief Betty.
Kim, Franzi und Marie tauschten einen schnellen Blick. Auf einmal wurde ihnen allen drei klar, dass sie die Aktion alleine durchziehen mussten. Vier Leute waren viel zu auffällig und außerdem kannten sie Betty einfach nicht gut genug. Womöglich würde sie die Nerven verlieren und alles vermasseln.
»Äh … sorry«, sagte Marie, obwohl es ihr schwerfiel, Betty schon wieder vor den Kopf zu stoßen. »Du kannst leider nicht mitkommen.«
»Wieso denn nicht?«, fragte Betty. »Ihr habt doch gesagt, dass ich bei euch mitmachen darf.«
Kim räusperte sich. »Stimmt. Wir haben aber auch gesagt, dass wir manche Dinge alleine tun müssen, und das ist jetzt so ein Fall.«
»Na toll!«, sagte Betty. »Ich hab euch die Info geliefert, jetzt kann ich abhauen.«
Marie wurde die Sache immer unangenehmer. »Bitte sei nicht sauer! Morgen bist du wieder dabei, okay?«
Betty fand es ganz und gar nicht okay, aber sie gab sich geschlagen. Gegen die Autorität von drei Profi-Detektivinnen kam sie nicht an. »Wie ihr wollt!«, sagte sie und rauschte beleidigt ab.
Marie bereute es zum dritten Mal, dass sie Betty überhaupt eingeweiht hatte. Am liebsten hätte sie die Zeit zurückgedreht und sich anders entschieden, aber das ging ja leider

nicht. Sie musste nach vorne sehen. »Seid ihr bereit?«, sagte sie zu Kim und Franzi. »Gut! Dann wollen wir mal nachsehen, wo Verena ihren nächsten Sabotage-Plan ausheckt.«
»Sehen wir doch zuerst in eurem Zimmer nach«, schlug Kim vor.
Franzi und Marie nickten. Gemeinsam machten sie sich auf den Weg. Als sie das Modelhaus betraten, hörten sie aus dem Wohnzimmer lautes Lachen und die Stimme eines bekannten Comedy-Stars. Annabelle hatte endlich das Fernsehverbot aufgehoben, und das nutzten die Mädchen natürlich aus. Besser hätten es die drei !!! gar nicht treffen können. Jetzt mussten sie nur noch aufpassen, dass sie nicht aus Versehen Janneke, Annabelle oder Giovanni in die Arme liefen.
Leise schlichen Kim, Franzi und Marie die Treppe hoch. Im ersten Stock war alles ruhig. Auf dem Flur vor Maries und Verenas Zimmer blieben sie stehen. Franzi hielt ihr Ohr an die Tür und lauschte. Nichts! Vielleicht schlief Verena ja doch schon?
Marie atmete tief durch und versuchte ihr Herzklopfen zu ignorieren. »Lasst mich vor!«, flüsterte sie. In Zeitlupe drückte sie die Türklinke nach unten, in Zeitlupe machte sie die Tür auf und streckte vorsichtig ihren Kopf ins Zimmer. Innen war es so dunkel, dass sie kaum etwas erkennen konnte. Sie kniff die Augen zusammen und suchte die Stelle, an der Verenas Bett sein musste. Plötzlich kam der Mond hinter den Wolken hervor und traf genau auf Verenas Himmelbett. Marie ließ die Türklinke los. »Sie ist nicht da!«
Franzi und Kim drängten sich an ihr vorbei ins Zimmer.

»Tatsächlich«, sagte Franzi. »Ihr Bett ist unberührt. Die Decke ist ganz glatt.«
Kim seufzte. »Das wär ja auch zu einfach gewesen. So blöd ist Verena auch nicht. Wenn sie schon einen gemeinen Plan ausheckt, wird sie das nicht an einem Ort tun, an dem jederzeit Marie reinkommen kann.«
»Ich glaub, ich weiß, wo sie sein könnte«, sagte Marie. »Bei Pauline!«
»Und wo ist Paulines Zimmer?«, fragte Franzi.
»Am anderen Ende des Flurs«, sagte Marie. »Kommt!«
Kim überprüfte vorsichtshalber, ob die Luft draußen rein war. Dann winkte sie ihren Freundinnen zu und die drei !!! liefen los. Da sie das Deckenlicht nicht einschalten wollten, mussten sie sich langsam vorwagen, um nicht auf dem unebenen Teppichboden zu stolpern.
Plötzlich blieb Marie stehen. »Da liegt was!«, flüsterte sie. Schnell bückte sie sich und hob ein Stück Stoff vom Boden auf.
»Ein Seidenschal«, flüsterte Kim.
Marie ließ den Schal durch ihre Finger gleiten. Er war rosafarben und hatte weiße Längsstreifen. Irgendwo hatte sie den Schal schon mal gesehen, aber es fiel ihr einfach nicht ein.
»Weißt du, wem der gehört?«, fragte Kim.
Marie schüttelte den Kopf. »Leider nicht.« Doch dann hatte sie auf einmal einen Geistesblitz: Den Schal hatte Verena getragen, als sie Marie am zweiten Tag im Modelhaus ihre tausend Outfits vorgeführt hatte.
»Der gehört Verena!«, raunte sie Kim und Franzi zu.
Kim nickte, da riss Franzi die Augen auf und zeigte mit zit-

terndem Finger auf die Tür, vor der sie gerade standen. Dort hing ein großes Foto von einem wunderschönen Mädchen in einem knallbunten Shirt. »Ist das nicht …?«

»Ja, das ist sie«, murmelte Marie. »Das ist Ariane.«

Innerhalb von Sekunden schossen ihr lauter Gedankenfetzen durch den Kopf: Verenas Schal auf dem Boden, vor Arianes Zimmer. Verenas Plan. Nur wenige Stunden … Marie wurde schlecht. Wollte Verena gar nicht bis morgen warten? Wollte sie gleich heute Abend zuschlagen?

»Wir müssen sofort da rein!«, zischte Marie.

»Kein Problem«, sagte Franzi. »Die Tür ist nur angelehnt.«

Auf einmal fühlte Kim, wie der weiche Boden unter ihren Füßen zu schwanken anfing. Sie schnappte nach Luft und musste sich an der Wand abstützen.

»Alles in Ordnung?«, fragte Franzi besorgt.

Kim biss die Zähne zusammen und nickte. Es war wirklich absolut lächerlich. Jetzt hatte sie schon so viele Fälle gelöst und trotzdem bekam sie immer wieder diese blöden Panikattacken, sobald es ein bisschen spannend wurde. Sie atmete dreimal tief in den Bauch und zum Glück wurde es besser. Entschlossen drängte Kim sich nach vorne und drückte leise die Tür auf. Innen war es noch dunkler als in Verenas und Maries Zimmer. Kim entdeckte auch schnell, warum: Die Rollläden waren heruntergelassen. Kim zwinkerte, bis sie endlich die Umrisse der Möbel erkennen konnte. Sie ließ den Blick über die Betten und Kommoden zum Fenster schweifen und erstarrte. Dort war ein Schatten, ein riesiger, unförmiger Schatten!

Hinter sich spürte Kim Franzis und Maries Atem. Und dann

hörten die drei !!! ein unterdrücktes Stöhnen. Maries Herz setzte kurz aus und schlug doppelt so schnell weiter. Das musste Ariane sein! Stöhnte sie so, weil Verena sie quälte? Das durften sie nicht zulassen!
»Auf die Plätze, fertig, los!«, rief Marie.
Auf ihr Kommando schossen die drei !!! zum Fenster, stürzten sich auf den Schatten und warfen ihn zu Boden.
»Aaah!«, schrie eine Stimme auf. Starke Arme versuchten sich zu befreien, lange Beine strampelten, aber die drei !!! ließen ihre Beute nicht los. Zu dritt pressten sie sie auf den Teppichboden, bis die Bewegungen ihres Gegners schwächer wurden.
»Gib auf, Verena!«, rief Franzi.
»Lasst mich los!«, protestierte eine helle Stimme, aber es war nicht Verena.
Marie ließ vor lauter Überraschung los und tastete nach einem Lichtschalter. Endlich fand sie die Schnur einer Nachttischlampe. Ein greller Spot beleuchtete das Zimmer und das Knäuel aus Armen und Beinen auf dem Boden. Die drei !!! hatten gar nicht Ariane gerettet. Unter Kims und Franzis Klammergriff waren Roswitha und Verena!
»Du?«, rief Kim. »Was machst du denn hier, Roswitha?«
Die Köchin befreite ihren rechten Arm und rieb sich stöhnend ihr Handgelenk. Dann blinzelte sie die Detektivinnen verwirrt an. »Äh … dasselbe wollte ich euch gerade fragen.«
»Wir kamen zufällig vorbei«, erzählte Franzi, »und haben Verenas Schal auf dem Flur vor Arianes Zimmer gefunden. Dann haben wir ein Stöhnen gehört und dachten, vielleicht ist jemand in Gefahr …«

»Ach so!«, sagte Roswitha. Sie sortierte ihre Arme und Beine und setzte sich auf. Verena blieb liegen.
Besorgt beugte sich Kim zu ihr hinunter und berührte sie an der Schulter. »Verena? Hörst du mich? Hast du dich verletzt?«
Verena rührte sich nicht. Sie hatte die Augen geschlossen und den Mund leicht geöffnet. Für einen kurzen, schrecklichen Moment dachte Kim, sie sei tot, aber dann sah sie zum Glück, wie sich Verenas Brust gleichmäßig hob und senkte.
Roswitha warf einen Blick auf Verenas Körper und schüttelte den Kopf. »Nein, sie hat sich nicht verletzt. Keine Sorge!«
»Was ist mit ihr?«, fragte Marie. Bei dem Lärm und dem Kampf musste Verena doch aufgewacht sein, aber sie schlief wie ein Baby, als wäre nichts passiert.
Roswitha strich ihre Hose glatt und seufzte. »Ich hab sie vor Arianes Zimmer auf dem Boden gefunden. Sie muss hingefallen und ohnmächtig geworden sein. Kurz bevor ihr euch auf uns gestürzt habt, hab ich Verena ins Zimmer reingetragen und wollte sie gerade aufs Bett legen, um mich um sie zu kümmern.«
»Verstehe«, sagte Franzi und wurde rot. Im Nachhinein war es ihr ganz schön peinlich, dass sie aus Versehen Roswitha erwischt hatten. Trotzdem verstand sie immer weniger, was hier eigentlich los war. Verena, die potenzielle Täterin, lag bewusstlos am Boden, von Ariane und Luzie fehlte dagegen jede Spur!
»Warum ist sie denn ohnmächtig geworden?«, fragte Marie.
Die Köchin betrachtete nachdenklich Verenas schmales, blasses Gesicht. »Vielleicht hat sie in den letzten Tagen ein-

fach zu wenig gegessen. Dabei hab ich wirklich alles versucht, um sie zum Essen zu bewegen.«

Marie nickte. »Das heißt, sie hatte einen Schwächeanfall?«

»Vermutlich«, sagte Roswitha, während sie ein weiches Kissen unter Verenas Kopf schob.

Erst jetzt fiel Kim auf, wie dünn Verena war. Ihr zierlicher Körper schien nur aus Haut und Knochen zu bestehen. Plötzlich schoss Kim ein schrecklicher Verdacht durch den Kopf. Sie wagte ihn kaum auszusprechen, musste es aber doch tun. »Ist sie … ist sie vielleicht magersüchtig?«

Franzi und Marie zuckten zusammen. Das würde tatsächlich alles erklären!

Roswitha seufzte wieder. »Möglich …«

Sofort musste Marie an einen Artikel denken, den sie neulich in der *Sweet* gelesen hatte. Darin ging es um ein magersüchtiges Mädchen, das beinahe gestorben wäre, weil sie jede Nahrung verweigerte. In letzter Sekunde hatten die Ärzte sie retten können.

Automatisch griff Marie in ihre Hosentasche, bis sie merkte, dass sie ja zurzeit kein Handy hatte. Doch zum Glück hatten Franzi und Kim ihre Handys mitnehmen dürfen, weil sie Angestellte waren.

»Franzi?«, sagte Marie. »Du musst sofort einen Krankenwagen rufen. Vielleicht schwebt Verena in Lebensgefahr!«

»Mach ich«, sagte Franzi. Sie zückte ihr Handy und war kurz davor, die Notrufnummer zu wählen, als Roswitha den Kopf schüttelte. »Lass nur! Ich habe mehrere Erste-Hilfe-Kurse absolviert und denke nicht, dass das notwendig ist.«

»Aber wir können sie doch nicht einfach ohnmächtig so lie-

gen lassen!«, sagte Kim. »Sie muss aufwachen.« Sanft rüttelte sie an Verenas Schulter, aber sie rührte sich nicht.
Da griff Roswitha in die Tasche ihrer weißen Schürze. »Ich hab hier ein altes Hausmittel: Riechsalz. Gut, dass ich es immer mit mir herumtrage, für alle Fälle.« Sie holte ein kleines Fläschchen heraus und schraubte den Deckel auf. Dann hielt sie es Verena unter die Nase. Verenas Nasenflügel zuckten, dann drehte sie den Kopf hin und her. Die Köchin hielt ihr das Riechsalz noch dichter unter die Nase. Jetzt stöhnte Verena und schlug die Augen auf. »Wo bin ich?«, murmelte sie.
Kim war so erleichtert, dass sie lachen musste. »In Sicherheit! In Arianes Zimmer.«
Roswitha packte das Riechsalz wieder weg und sagte zu Verena: »Du hattest einen kleinen Schwächeanfall. Nichts Schlimmes. Es ist alles in Ordnung.«
Verena rieb sich den Kopf. »Ich kann mich gar nicht mehr erinnern … Mir ist so schwindelig.«
Franzi stand schnell auf, ging ins Bad und füllte einen Zahnputzbecher mit kaltem Wasser. »Magst du was trinken?«, fragte sie Verena.
Die nickte, richtete sich auf und nahm durstig ein paar Schlucke. Danach legte sie sich wieder hin.
»Es ist ganz normal, dass dir schwindelig ist«, sagte Roswitha. »Du bleibst jetzt noch ein bisschen hier liegen, und dann tragen wir dich in dein Bett hinüber.« Ihre sanfte Stimme beruhigte Verena. Sie konnte sogar schon wieder ein bisschen lächeln. »Das ist gut«, murmelte sie und machte wieder die Augen zu.

»Sollen wir nicht doch noch einen Krankenwagen rufen?«, fragte Kim besorgt.
Roswitha schüttelte den Kopf. »Nein. Was sie jetzt vor allem braucht, ist Schlaf. Morgen beim Frühstück werde ich dafür sorgen, dass sie etwas isst. Und wenn ich ihr jeden Löffel einzeln in den Mund schieben muss!«
»Gut«, sagte Kim, obwohl sie immer noch beunruhigt war. Aber Verena sah schon viel besser aus. Sie war nicht mehr so blass und ihr Gesicht wirkte viel entspannter.
»Dann wollen wir mal!«, sagte Franzi.
Zu viert hoben sie Verenas leichten Körper hoch und trugen ihn hinüber in ihr Zimmer. Als sie sie aufs Bett legten und sorgfältig zudeckten, machte Verena kurz die Augen auf und murmelte: »Danke!« Dann schlief sie sofort ein.
Marie betrachtete ihr Gesicht und seufzte. Heute Nacht, mit Verena im Zimmer, würde sie bestimmt kein Auge zutun!

Geheimes Tagebuch von Kim Jülich
Sonntag, 23:03 Uhr
Wer so abscheulich ist, sich am Unglück anderer Menschen zu freuen, kann ruhig weiterlesen, braucht sich aber hinterher nicht zu beschweren, wenn er selber todunglücklich wird!
Das Detektivtagebuch muss warten, heute Abend muss ich was anderes loswerden. Ich hab gerade mit Michi telefoniert. Er war noch komischer als im Café Lomo. *Da hab ich es nicht mehr ausgehalten und ihn direkt auf den Schlüsselanhänger angesprochen. Und was tut er? Er ignoriert meine Frage, nuschelt irgendwas, dass er auflegen muss, und hängt mich einfach ab, ohne Abschiedskuss. Das hat er noch nie gemacht!*

Ich hab ins Schwarze getroffen mit meiner Frage. Michi trägt meinen Schlüsselanhänger nicht mehr, weil er mich nicht mehr liebt!!! Warum??? Wie konnte das passieren? Hab ich irgendwas falsch gemacht? Erträgt er es nicht, dass ich als Detektivin arbeite? Aber warum hat er dann nicht mit mir geredet? Bin ich so ein schreckliches Ungeheuer? Und feige ist er auch noch. Er kann nicht mal zugeben, dass er mich nicht mehr liebt.
Ich hasse ihn!!!
Ich werde ihm nicht nachweinen. Keine einzige Träne – schluchz! Und eines schwöre ich hier in diesem Tagebuch: Nie, nie wieder werde ich mit ihm reden! Ab heute ist er gestorben für mich. Und sein Kette trage ich auch nicht mehr!
PS: Da quatsche ich dauernd nur von mir, dabei geht es Franzi auch total schlecht. Legen die Jungs es eigentlich darauf an, uns Mädchen zu quälen? Das dürfen wir uns nicht gefallen lassen. Franzi, ich bin bei dir. Zusammen stehen wir das durch!

Psychoterror beim Frühstück

»Guten Morgen!«, riss eine gut gelaunte Stimme Marie aus dem Tiefschlaf. Marie, die erst in den Morgenstunden eingedöst war, schreckte hoch.
Verena stand bereits fertig angezogen vor ihrem Bett und grinste. »Ich fürchte, heute wird es zu spät für deine Yoga-Einheiten. In einer Viertelstunde gibt es Frühstück.«
Marie rieb sich die Augen. Träumte sie oder war das wirklich dieselbe Verena, die gestern Abend wie eine Wachspuppe leblos auf dem Boden gelegen hatte?
»Wie geht es dir?«, fragte sie. »Du hast uns gestern einen ganz schönen Schrecken mit deiner Ohnmacht eingejagt. Zum Glück hat Roswitha dich gleich gefunden.«
Verena wischte Maries besorgte Fragen mit ihren rot lackierten Fingernägeln weg. »Mir geht's gut, mach dir keine Sorgen. Mein Blutzuckerspiegel war im Keller, das war alles. Ich hab es gestern ein bisschen übertrieben mit dem Sport. Ich hab eine Extrastunde im Fitnessstudio eingelegt und war danach so fertig und müde, dass ich beim Abendessen nichts essen konnte. Aber jetzt hab ich dafür einen Bärenhunger!«
Sie machte ihre Nachttischschublade auf und holte einen Müsliriegel heraus. Gierig riss sie die Folie herunter und verschlang den Riegel mit zwei großen Bissen. »Hmm! Der war gut.«
Marie fiel ein Stein vom Herzen. Vielleicht war Verena ja doch nicht magersüchtig, denn magersüchtige Mädchen vermieden es normalerweise, vor anderen Leuten zu essen.

»Aber jetzt brauche ich ein richtiges Müsli!«, sagte Verena. »Kommst du mit runter oder willst du vorher noch deine Augenringe kaschieren? Du siehst echt fertig aus, wenn ich das mal so sagen darf.«
»Vielen Dank!«, sagte Marie angesäuert. Verena war schon wieder ganz die alte, supernervige Zicke. Sie würde sich wahrscheinlich nie ändern.
Weil Marie nicht reagierte, winkte Verena ihr zu und verließ fröhlich pfeifend den Raum. Mit einem lauten Knall fiel die Tür hinter ihr zu und Marie presste stöhnend die Hände an ihre Stirn. Sie hatte tierische Kopfschmerzen und fühlte sich wie gerädert. Kein Wunder nach der Nacht! Langsam quälte sich Marie aus dem Bett und ging ins Bad. Als sie sich dem Spiegel näherte, zuckte sie zusammen. Sie fühlte sich nicht nur wie gerädert, sie sah auch so aus: Ihre Haare hingen strähnig herunter, auf ihrer Nase blühte gerade ein Pickel auf und unter den Augen hatte sie schwarze Schatten. Perfektes Timing für ein Casting in glamouröser Abendmode!
Um den Schock zu verarbeiten, ging Marie erst mal unter die Dusche und ließ abwechselnd heißes und kaltes Wasser über ihren Körper laufen. Als sie sich danach mit ihrer teuersten Sanddorn-Orange-Bodylotion eingecremt hatte, fühlte sie sich langsam wieder wie ein angehendes Topmodel.
In dem Moment kamen Kim und Franzi herein. »Wir wollten dich zum Frühstück abholen«, sagte Franzi. Dann riss sie die Augen auf. »Mensch, wie siehst du denn aus?«
»So kannst du aber nicht zum Casting gehen!«, sagte Kim.
Marie stöhnte. »Das weiß ich auch. Statt hier rumzuquatschen, solltet ihr mir lieber helfen.«

»Genau deshalb sind wir hier«, sagte Franzi und zwinkerte Kim zu. »Nach dem Frühstück sollen wir mit Giovanni die anderen Mädchen schminken, aber du kommst natürlich als Erste dran. Kimberly, an die Arbeit!«
Sofort zauberte Kim aus ihrer Umhängetasche ein Schminkset, das sie sich von Giovanni ausgeliehen hatte. »Setz dich und entspann dich! Du kannst uns voll und ganz vertrauen.«
»Ja, wirklich«, versicherte Franzi. »Kim hat die halbe Nacht geübt.« Dass sie sich die andere Hälfte der Nacht bei ihr wegen Michi ausgeheult hatte, erwähnte Franzi lieber nicht, um Marie nicht zu beunruhigen. »Mach die Augen zu!«, sagte sie zu ihrer Freundin.
Marie gehorchte, obwohl sie nach Kims Horror-Erzählungen von ihren ersten Schminkexperimenten mehr als skeptisch war. Franzi und Kim bearbeiteten nach allen Regeln der Kunst das Gesicht ihrer Freundin.
»Fertig!«, sagte Franzi schließlich. »Du kannst die Augen wieder aufmachen.«
Marie blinzelte, dann pfiff sie durch die Zähne. »Wow!« Eine wunderschöne junge Frau blickte ihr aus dem Spiegel entgegen, mit strahlendem Teint und glitzernden silbernen Highlights.
»Wie habt ihr das gemacht?«, fragte sie.
Kim winkte ab, platzte aber fast vor Stolz. »Profi-Geheimnis! Wird nicht verraten. Und jetzt müssen wir uns beeilen, sonst bekommen wir nichts mehr zum Frühstück.«
Marie schlüpfte blitzschnell in Jeans und ein buntes Oberteil, das man knöpfen konnte, damit sie ihr schönes Abend-Make-up nicht gleich wieder zerstörte. Dazu noch ein Sei-

denschal, und schon war das Outfit perfekt. Fünf Minuten später saß Marie mit Kim und Franzi am Frühstückstisch. Nachdem alle teils neidisch, teils ehrlich ihr Make-up bewundert hatten, nickte Betty den drei !!! zu. Sie war immer noch ein bisschen verschnupft, weil sie sie gestern weggeschickt hatten. Trotzdem blitzte die Neugier aus ihren Augen. »Und, gibt's was Neues?«, flüsterte sie Marie zu. »Wart ihr erfolgreich?«

»Später …«, flüsterte Marie zurück und griff hungrig nach einem Mohnbrötchen.

Verenas Platz sah aus, als ob sie heute Geburtstag hätte. Roswitha hatte ihr ein extra schönes Set hingelegt und rund um den Teller standen lauter kleine Schälchen mit frischen Früchten, Cornflakes, selbst gemachtem Müsli und duftenden Brioches. Verena genoss die Sonderbehandlung und ließ sich die Köstlichkeiten schmecken. Offensichtlich war sie nicht magersüchtig und hatte beschlossen, keine Kalorien zu zählen, zumindest heute nicht.

Die drei !!! ließen Verena nicht aus den Augen. Auch wenn sie sie gestern nicht auf frischer Tat ertappt hatten, waren sie immer noch überzeugt davon, dass sie hinter ihrer unschuldigen Stirn einen gemeinen Plan ausbrütete.

Verena war so mit sich selbst beschäftigt, dass sie die verstohlenen Blicke nicht bemerkte. Als sie satt war, tupfte sie sich die Lippen mit ihrer Serviette ab und lehnte sich zufrieden zurück. Dabei lächelte sie in die Runde und blieb bei Ariane und Luzie hängen.

»Na, schon aufgeregt wegen des Castings?«, fragte sie spöttisch.

Ariane wollte etwas antworten, aber Luzie stieß sie mit dem Ellbogen an und zischte: »Mit der reden wir nicht mehr.«
Sofort machte Ariane ihren Mund wieder zu und sah Verena böse an.
Verena ließ sich davon nicht beeindrucken. Sie musterte Ariane und Luzie ungeniert und sagte dann: »Janneke hat mir erzählt, dass der Kunde heute Models mit weiblichen Formen sucht. Tja, Pech für euch! Ihr seid beide viel zu sportlich.«
Ariane biss sich auf die Lippen, konnte aber nicht verhindern, dass sie rot wurde.
Sofort legte Verena nach: »Auch wenn ihr euch noch so anstrengt, ihr habt keine Chance. Gebt lieber gleich auf. Der Kunde soll übrigens ziemlich hart sein in seinem Urteil. Ich hab schon von Models gehört, die heulend rausgerannt sind und einen Nervenzusammenruch hatten.«
Ariane schluckte. Ihre Hände fingen an zu zittern und sie ließ vor Schreck ihre Gabel fallen. Mit hochrotem Kopf tauchte sie unter dem Tisch ab, um sie aufzuheben.
Luzie schäumte vor Wut und konnte sich nicht mehr zurückhalten. »Ach, und von wem hast du das gehört?«
»Auch von Janneke«, antwortete Verena. »Wie gesagt, der Kunde sucht *weibliche* Formen.« Ariane war wieder aufgetaucht und Verena begutachtete eingehend ihre kleine Oberweite unter dem Shirt. Das war zu viel für Ariane. Sie zitterte am ganzen Körper und brach in Tränen aus.
Luzie legte schützend den Arm um sie und blitzte Verena böse an. »Was soll das?«
»Luzie hat recht«, mischte sich Marie ein. »Du hörst jetzt

sofort mit diesem Psychoterror auf, sonst bekommst du es mit mir zu tun.«

»Und mit mir!« – »Und mit mir!«, sagten Kim und Franzi.

Verena sah die drei !!! verblüfft an und war für einen kurzen Augenblick unsicher, doch dann hatte sie sich sofort wieder im Griff. Wie auf Bestellung kullerten zwei dicke Tränen aus ihren Augen. »Aber ich hab doch gar nichts gemacht! Warum hackt ihr dauernd auf mir rum? Ich versteh das nicht!«

»Du verstehst sehr gut«, sagte Franzi grimmig. Dann stand sie auf und packte Verena an der Schulter. »Los, komm mit, wir müssen mit dir reden!«

»Ich will aber nicht!«, protestierte Verena. »Hilft mir denn keiner hier?« Doch alle Mädchen am Tisch waren auf Maries, Kims und Franzis Seite und dachten gar nicht daran zu helfen.

Die drei !!! nahmen Verena in die Mitte, drängten sie aus dem Esszimmer und lotsten sie hinüber in den Gemeinschaftsraum. Sie wehrte sich mit Händen und Füßen, sie versuchte sogar, mit ihren scharfen Fingernägeln zu kratzen, aber sie hatte keine Chance gegen ihre Gegner, zumal auch noch Betty dazukam und den drei !!! half, Verena in Schach zu halten. Unsanft drückten sie sie auf ein Sofa und hielten sie weiter fest, während sie wütend auf sie einredeten.

»Was soll das eigentlich?« – »Du lässt Ariane und Luzie jetzt endlich in Ruhe, ist das klar?« – »Glaubst du, wir wissen nicht, was für ein Spiel du treibst?«

Verena spielte immer noch die Ahnungslose. »Ich weiß überhaupt nicht, wovon ihr redet!«

»Wir können gern dein Gedächtnis auffrischen«, sagte Marie. »Du hast Arianes Schuhe geklaut und das Handy eingeschmuggelt. Dann hast du die anonyme Botschaft auf das Flipchart geschrieben. Und jetzt willst du Ariane und Luzie endgültig fertigmachen.«

Verena hob die Arme hoch. »Aber ich war's nicht! Ich hab dir doch schon tausendmal gesagt, dass ich unschuldig bin.«

Marie stöhnte auf. »Und ich hab dir von Anfang an nicht geglaubt!«

Da drängte sich Betty nach vorne. »Du ziehst hier ein fieses Ding nach dem anderen ab und glaubst, du kommst einfach so davon? Da hast du dich aber geschnitten. Wir werden dich anzeigen, wegen Sabotage!« Betty hatte sich richtig in Rage geredet und fing an, Verena heftig zu schütteln.

»Lass sie los!«, rief Kim. »Wir wollen sie doch nicht umbringen, sondern nur ein Geständnis.«

Widerwillig nahm Betty ihre Hände weg, da mischte sich Franzi ein. »Gib endlich zu, dass du Ariane und Luzie ausbooten willst! Gib zu, dass du hinter der Sabotage-Sache steckst!«

Verena verschränkte die Arme vor der Brust und schüttelte den Kopf. »Ich war es nicht!«

Kims Stimme war ganz ruhig, aber umso schärfer. »Wir haben eindeutige Beweise. Betty hat gestern Nachmittag gehört, wie du Pauline von deinem Plan erzählt hast und dass Ariane und Luzie ihr blaues Wunder erleben würden.«

»Ich hab gar nichts erzählt!«, widersprach Verena. »Ich hab Pauline gestern Nachmittag überhaupt nicht gesehen. Pauline war doch mit Doreen in der Stadt, weil sie ihren Shopping-Gutschein einlösen wollte.«

Marie stutzte. Diesmal sagte Verena tatsächlich die Wahrheit. Pauline hatte gestern beim Frühstück allen lautstark verkündet, dass sie nachmittags bis zum Umfallen shoppen würde.
»Dann hat Betty es eben an einem anderen Tag gehört«, sagte Franzi. »Ist ja auch egal.«
»Das ist gar nicht egal!«, sagte Verena. Dann richtete sie sich auf und zeigte mit dem Finger auf Betty. »Jetzt weiß ich, was hier läuft! *Du* steckst hinter den ganzen Sachen. Du hast die Schuhe geklaut und das Handy eingeschmuggelt. Und weil du den Verdacht von dir ablenken willst, schiebst du es einfach mir in die Schuhe.«
Betty schwankte und musste sich setzen. »Das … das ist nicht wahr. Ich hab … ich würde …«
Die drei !!! starrten Betty an. »Bitte erklär uns, wie Verena auf so etwas kommt!«, sagte Kim.
»G…gleich …«, stammelte Betty. »Also, es war so: Ich hab da schon was gehört von einem Plan, aber wann das genau war, weiß ich nicht mehr. Vielleicht hat Verena es auch gar nicht Pauline erzählt. Ja, jetzt fällt es mir wieder ein: Sie hat es Luzie erzählt, nein … Quatsch! Ich bin so durcheinander. Entschuldigt bitte! Das ist alles zu viel für mich.« Je länger sie redete, umso mehr verhaspelte sie sich, und sie konnte Kim, Franzi und Marie nicht mehr in die Augen sehen.
Marie wollte es jetzt wissen, sie musste es wissen. »Betty!«, sagte sie laut. »Stimmt es, was Verena behauptet? Warst du es?«
Betty schnappte nach Luft. Sie ruderte mit den Armen und rang nach Worten, aber es kam nur ein Krächzen heraus.

Da stürmte Janneke in den Gemeinschaftsraum. »Hier seid ihr! Ich hab euch schon überall gesucht. Was fällt euch eigentlich ein, Kimberly, Franka? Giovanni ist stinksauer, weil seine Assistentinnen einfach nicht erschienen sind. Er rotiert in seinem Studio. Geht sofort zu ihm und entschuldigt euch! Betty und Verena nehmt ihr bitte gleich mit. Wenigstens die könnt ihr noch schminken.«

Per Anruf Panik

Die drei !!! rannten mit Betty und Verena aus dem Gemeinschaftsraum. In der Eingangshalle des Modelhauses war das Chaos ausgebrochen. Betty und Verena verschwanden sofort im Gewühl. Hektisch liefen die Mädchen hin und her, packten ihre letzten Sachen zusammen und überprüften noch mal ihr Make-up im Spiegel.
»Da, nimm!«, zischte Franzi. »So können wir in Verbindung bleiben.«
Marie reagierte blitzschnell und ließ Franzis Handy unauffällig in ihrer Tasche verschwinden. »Danke! Behaltet Verena und Betty im Auge und gebt mir Bescheid, wenn was Neues passiert.«
»Klar!«, sagte Kim. Dann verschwand sie mit Franzi im Gewühl.
Marie lief hinüber ins Esszimmer, wo noch ihre Tasche stand, die sie zum Glück bereits fertig gepackt hatte. Als sie in die Eingangshalle zurückkam, fragte Luzie gerade: »Wo ist der Bus? Auf dem Parkplatz steht er nicht!«
Annabelle klatschte in die Hände. »Ruhe, bitte, Ruhe!«
Die Mädchen verstummten und sahen die Agentin und Janneke, die neben ihr stand, erwartungsvoll an.
»Heute gibt es keinen Bus, der euch zum Casting bringt«, sagte Janneke.
»Was?« Der Aufschrei kam gleich von mehreren Seiten.
Janneke lächelte. »Ihr habt richtig gehört. Heute lernt ihr den ganz normalen Alltag eines Models kennen, das sich in

einer fremden Stadt zurechtfinden muss. Ihr bekommt jede einen Stadtplan und die Adresse der Modefirma, bei der das Casting stattfinden wird.«

Diesmal ging ein lautes Stöhnen durch die Menge. Auch Marie war alles andere als begeistert über die Programmänderung. Erstens hatte sie gerade völlig andere Dinge im Kopf und zweitens war ihr Orientierungsvermögen ungefähr so schwach ausgebildet wie das eines Maulwurfs.

»Können wir uns wenigstens zusammen auf den Weg machen?«, wollte Ariane wissen.

Janneke schüttelte den Kopf. »Nein, jede muss alleine klarkommen. Das gehört zur Challenge dazu. Und beeilt euch! Wer zu spät beim Kunden ist, kann sich das Casting abschminken.«

Das wirkte. Sofort stürzten sich alle auf Annabelle, die einen Stapel Stadtpläne im Arm hatte. Auf jedem Stadtplan klebte ein gelber Zettel mit der Adresse der Modefirma. Marie ergatterte eins der letzten Exemplare.

»Zwei sind noch übrig«, sagte Janneke.

Annabelle nickte. »Die sind für Betty und Verena. Ich bitte Roswitha, dass sie schnell zu Giovanni ins Studio läuft und sie ihnen vorbeibringt.«

»Gut«, sagte Janneke. Dann scheuchte sie die Kandidatinnen aus dem Haus. »Los, los! Worauf wartet ihr noch?«

Marie hatte zwar inzwischen die Adresse im Stadtplan gefunden, aber der Weg war so kompliziert, dass sie keine Ahnung hatte, wie sie dort hinkommen sollte und vor allem mit welchen Verkehrsmitteln. Sie ließ sich von der Menge nach draußen drängen und blieb erst mal stehen, während die an-

deren Mädchen in verschiedene Richtungen ausschwärmten.
»Mist!«, murmelte Marie und suchte nach einem Taschentuch, um sich die Schweißperlen von der Stirn zu tupfen. Dabei stießen ihre Finger auf Franzis Handy. Das war die Lösung! Erst wollte sie Holger anrufen, aber dann fiel ihr ein, dass Franzi doch ständig auf ihren Skates durch die Gegend flitzte und die Stadt in- und auswendig kannte.
Marie vergewisserte sich, dass niemand sie beobachtete, zückte das Handy und tippte Kims Nummer ein. »Stör ich?«
»Überhaupt nicht«, sagte Kim. »Giovanni war so wütend, dass er uns rausgeworfen hat. Er schminkt Verena und Betty lieber selber. Ehrlich gesagt, bin ich heilfroh darüber. Aber wir bleiben den beiden natürlich auf den Fersen.«
Typisch Kim!, dachte Marie und musste lachen. »Sehr gut. Gibst du mir mal Franzi?«
»Klar.«
»Hi, Franzi!«, sagte Marie. »Ich brauch dringend deine Hilfe.« Sie gab ihrer Freundin die Adresse durch.
»Ich weiß, wo das ist«, sagte Franzi. »Liegt aber ziemlich weit draußen.« Dann erklärte sie Marie, welche U-Bahn, welche Straßenbahn und welchen Bus sie nehmen musste.
Marie versuchte sich die Nummern und Haltestellen zu merken. »Danke, du bist ein Schatz! Bis später.«
Marie hasste öffentliche Verkehrsmittel. Tausendmal lieber hätte sie Franzis großen Bruder angerufen und sich von ihm mit seinem Opel zum Casting fahren lassen, aber das hätte viel zu lange gedauert. Also musste sie wohl oder übel in den sauren Apfel beißen und zur nächsten U-Bahn-Station hechten.

Sie hatte Glück mit den Anschlüssen und schaffte die Strecke in vierzig Minuten. Im Bus traf sie einige der Mädchen wieder und stieg zusammen mit ihnen aus. Bis zur Modefirma waren es nur noch ein paar Schritte. Vor der Tür des lang gestreckten, modernen Gebäudes, das am Rande eines neuen Industriegebiets lag, warteten bereits Janneke, Annabelle und Giovanni.

»Da seid ihr ja«, begrüßte Janneke die Mädchen. »Und so pünktlich, sehr schön!«

Annabelle reckte den Kopf. »Sind alle da?«

»Betty und Verena fehlen noch«, sagte Pauline und grinste schadenfroh.

»Bin schon da!«, rief Betty. Völlig außer Puste kam sie an und musste erst mal verschnaufen. »Ich … ich bin das letzte Stück zu Fuß gelaufen, weil ich den Bus verpasst hab.«

Janneke nickte zufrieden. »Das nenn ich Ehrgeiz! Du willst es wirklich, oder? Sehr gut.«

Betty strahlte, bis sie ihren Taschenspiegel zückte und merkte, dass ihre schwarze Wimperntusche zwei hässliche Streifen auf ihren Wangen hinterlassen hatte. »Oh nein!«

»Nessun problema!«, beruhigte Giovanni sie. »Das haben wir gleich.« Er nahm einen Wattebausch und tupfte die Wimperntusche ab. »*Bene!* Alles wieder in Ordnung.«

Betty bedankte sich überglücklich.

»Kann ich mal kurz mit dir reden?«, zischte Marie ihr zu, doch Betty tat so, als hätte sie es nicht gehört.

Da sah Janneke auf ihre Armbanduhr. »Wir können nicht mehr länger warten. Pech für Verena. Sie ist zu spät, also kann sie beim Casting leider nicht mitmachen.«

»Oooh!«, machte Pauline. »Das ist aber schade.«
Alle lachten und auch Marie musste kurz grinsen, doch schnell wurde sie wieder ernst. Wo steckte Verena bloß? Zog sie im Hintergrund die Fäden eines neuen Sabotage-Plans? Hoffentlich konnten Kim und Franzi das rechtzeitig verhindern!
»Los geht's!«, rief Annabelle. »Viel Glück!«
Die Mädchen drängelten sich aufgeregt durch die Tür. Erst jetzt wurde Marie bewusst, dass sie sich gleich vor einem Designer präsentieren musste. Als ob sie nicht schon genug Aufregung gehabt hätte! Marie atmete dreimal tief durch, streckte sich und ging los. Gerade als Marie den Flur der Firma betrat, vibrierte plötzlich das Handy in ihrer Hosentasche. Zum Glück hatte Franzi den Klingelton ausgestellt.
Marie zuckte zusammen, murmelte schnell: »Ich muss mal!«, und verschwand in der Damentoilette. Erst als sie sich in einer Kabine eingesperrt hatte, fühlte sie sich einigermaßen sicher und nahm den Anruf entgegen. »Hallo?«
»Hallo! Hi!«, kam Kims aufgeregte Stimme aus dem Handy. »Irgendwas stimmt hier nicht. Wir sind Verena gefolgt und … Sie ist ganz woanders hingelaufen, gar nicht zu eurem Casting.«
»Wo seid ihr denn jetzt?«, fragte Marie.
»Am Hafen«, antwortete Kim. »Total öde Gegend hier. Wir stehen vor einer heruntergekommenen Lagerhalle.«
Marie verstand überhaupt nichts mehr. Was in aller Welt hatte Verena vor? »Was macht Verena denn da?«, fragte sie. »Was tut sie gerade?« In dem Moment hörte Marie ein Schluchzen im Hintergrund und seufzte. »Klar, sie heult,

was sonst? Sie zieht mal wieder ihre übliche Opfer-Show ab. Lasst euch von ihr bloß nicht einwickeln!«
»Das tun wir bestimmt nicht«, sagte Kim. »Aber ich hab ein ganz komisches Gefühl. Verena hat uns den gelben Zettel mit der Adresse gezeigt. Da steht tatsächlich die Straße drauf, in der wir gerade sind. Aber hier ist weit und breit keine Modefirma.«
Marie schluckte. »Kann ich mir denken. Die Firma ist hier im Industriegebiet. Was soll das bedeuten?«
»Keine Ahnung!«, sagte Kim. »Auf alle Fälle ist Verena total verzweifelt. Sie meint, das ist kein Zufall. Irgendjemand hat sie absichtlich zur falschen Adresse gelotst.«
Wieder hörte Marie Verenas Schluchzen im Hintergrund. Es klang ganz anders als ihre sonstigen dramatischen, tränenreichen Auftritte. Es klang unwahrscheinlich echt! Verena hatte panische Angst.
»Wir können sie gar nicht beruhigen«, sagte Kim. »Was sollen wir denn jetzt machen?«
Marie brauchte nur den Bruchteil einer Sekunde, bis sie eine Entscheidung getroffen hatte. »Bleibt, wo ihr seid! Ich komm sofort zu euch.«
»Aber dann platzt doch dein Casting«, protestierte Kim.
»Egal!«, sagte Marie. Nie und nimmer hätte sie seelenruhig zu einem Casting gehen können, wenn sie wusste, dass ihre Freundinnen in Schwierigkeiten steckten.
Kim klang jetzt sichtlich erleichtert. »Das ist total lieb von dir!«
»Kein Problem.« Plötzlich hörte Marie durch das Handy das Brummen eines großen Autos, das näher zu kommen schien. »Ich brauche noch die genaue Adresse!«, sagte sie.

Kims Stimme wurde überlagert vom Geräusch quietschender Bremsen. »Wir sind in der Silber…straße 6.«
»Was ist eigentlich los bei euch?«, fragte Marie. »Wer ist da gerade gekommen?«
Kim antwortete nicht. Marie hörte Türen schlagen und Stiefelgetrampel auf einem Untergrund aus Kies. Dann schrie Kim auf. Die nächsten Geräusche konnte Marie nicht einordnen, bis etwas auf den Boden fiel und irgendetwas grässlich knirschte.
Marie presste das Handy ans Ohr. »Hallo? Hallo, Kim?«
Keine Antwort. Die Leitung war tot.

Die Masken fallen

Marie zögerte keine Sekunde. Sie stopfte Franzis Handy in die Tasche, stürzte aus der Toilette und rannte hinaus ins Freie. Dann sah sie sich nach allen Seiten um. Mist! Hier gab es weder ein Fahrrad noch sonst ein geeignetes Verkehrsmittel. Der Bus fuhr leider nicht zum Hafen, sondern in eine völlig andere Richtung. Marie stöhnte. Sollte sie Kommissar Peters anrufen und ihn um Hilfe bitten? Nein, das würde viel zu viel Zeit kosten.

Marie zückte wieder ihr Handy. Das war einer der Augenblicke, wo sie ihrem Vater gar nicht genug dankbar sein konnte, dass er ihr ein so großzügiges Taschengeld spendierte. Marie wählte die Nummer der Taxizentrale, gab ihre Adresse durch und sagte: »Kommen Sie schnell, das ist ein Notfall!«

Drei Minuten später brauste ein Taxi an und stoppte mit quietschenden Reifen vor Marie. Der Taxifahrer beugte sich zum Beifahrersitz hinüber und öffnete die Tür. »Bist du etwa der Notfall? Du siehst ja ganz munter aus, mal davon abgesehen, dass du in einen Farbtopf gefallen bist.«

»Sparen Sie sich Ihre Kommentare!«, sagte Marie und sprang mit einem Satz in den Wagen. Dann schlug sie die Tür zu und sagte: »Ich muss dringend zum Hafen. Die Straße weiß ich leider nicht genau. Sie heißt irgendwie Silber…straße oder so ähnlich. Die Hausnummer ist 6.«

Der Taxifahrer, ein junger Türke mit schwarzen Locken, nickte. »Das kann nur die Silberhornstraße sein. Alles klar, schnall dich gut an und halt dich fest!«

Er fuhr so schnell los, dass Marie unsanft in ihren Sitz gepresst wurde. Schon nach wenigen Sekunden bereute sie, dass sie »Notfall« gesagt hatte. Der Taxifahrer düste in halsbrecherischer Geschwindigkeit durch die Stadt. Er ignorierte sämtliche Verkehrsampeln, nahm anderen Autofahrern die Vorfahrt, hupte ununterbrochen und wechselte, ohne zu blinken, die Spur. Marie machte die Augen zu und murmelte ein kurzes Gebet. Wenn sie die Fahrt hier überleben sollte und Holger wiedersehen durfte, würde sie drei Kerzen in einer Kirche anzünden.
Plötzlich fluchte der Taxifahrer und bremste voll ab. Marie flog nach vorne in ihren Sicherheitsgurt und riss die Augen auf. »Was ist passiert?«
Der Taxifahrer zeigte auf die endlos lange Autoschlange vor ihnen, verzog den Mund zu einem schiefen Grinsen und sagte: »Stau!«

»W…was machen Sie denn da?«, stammelte Kim. »Mein Handy …«
Der Mann mit der schwarzen Bankräubermütze auf dem Kopf lachte nur. »Ach, ist dein schönes Handy kaputt? Das tut mir aber leid! Ich weiß gar nicht, wie das passieren konnte. Irgendwie muss ich dich gestoßen haben und da hast du es wohl fallen lassen. Zu dumm!« Er lachte wieder, aber die andere vermummte Person, die ebenfalls eine schwarze Mütze anhatte, brachte ihn mit einem zischenden »Sei still!« zum Schweigen. »Sieh lieber zu, dass du deinen Job machst.« Die Stimme gehörte offensichtlich einer Frau.
»Was wollen Sie von uns?«, fragte Franzi. Sie stellte sich

schützend vor Verena, die am ganzen Körper zitterte und leise schluchzte.
Der Mann und die Frau antworteten nicht. Sie stießen Kim, Franzi und Verena grob vor sich her, drängten sie an dem schwarzen Van vorbei, mit dem sie gekommen waren, und steuerten auf die Lagerhalle zu.
»Hilfe!«, rief Verena kläglich. »Hilfe!« Der Ruf war so leise, dass ihn keiner gehört hätte, selbst wenn jemand in der Nähe gewesen wäre, aber die Straße am Hafen war ohnehin total ausgestorben.
»Lassen Sie uns sofort los!«, verlangte Kim. »Wir haben schon Hilfe geholt. Gleich kommt die Polizei!« Sie hatte wirklich vorgehabt, Kommissar Peters anzurufen, war aber leider nicht mehr dazu gekommen.
Der Mann lachte nur, als Kim die Polizei erwähnte. »Sollen sie ruhig kommen, die Bullen. Das wird euch auch nichts nützen.«
»Bist du jetzt endlich still?«, fauchte ihn die Frau an.
Kim horchte auf. Die Stimme kam ihr irgendwie bekannt vor. Auch Franzi stutzte und sah die Frau von der Seite an. Sie war genau wie der Mann ganz in Schwarz gekleidet und leider völlig unkenntlich.
Die Frau wurde jetzt immer wütender. »Du hast alles vermasselt!«, beschuldigte sie ihren Komplizen. »Ich hätte dich gar nicht erst mitnehmen sollen, du bist so ein Loser!«
»Ach, auf einmal!«, rief der Mann. »*Du* wolltest doch unbedingt, dass ich dir helfe. Außerdem weiß ich gar nicht, was du hast: Drei Mädchen sind noch viel besser als eine.«
»So ein Quatsch!«, rief die Frau.

Die beiden gerieten in einen handfesten Streit, während sie Kim, Franzi und Verena in die leer stehende Lagerhalle lotsten. Am Eingang war ein mit Glaswänden abgetrenntes Büro mit einem Tisch und zwei Stühlen, das aber offensichtlich nicht mehr genutzt wurde. Der Rest der Lagerhalle stand leer. Nur ein paar Stahlträger waren noch übrig geblieben und am Boden lagen Schrottteile aus Eisen, alte Kabelschlangen und Müll herum. Kim und Franzi merkten, dass die beiden Verbrecher abgelenkt waren, und gaben sich heimlich ein Zeichen.

»Jetzt!«, flüsterte Kim.

Auf ihr Kommando riss Franzi sich von dem Mann los. Kim schüttelte den Arm der Frau ab und befreite gleichzeitig Verena. Zu dritt rannten sie los. Ein paar Meter weit kamen sie, doch der Mann hatte sie sofort wieder eingeholt. »Hiergeblieben!«, rief er. Und schon war auch die Frau wieder da. Jetzt griffen sie noch gröber zu und drängten die drei Mädchen in den hinteren Teil der Lagerhalle zu einem der Stahlträger. Der Mann holte einen Strick aus seiner Hosentasche und zusammen mit der Frau hatte er im Nu Kim, Franzi und Verena mit den Händen an den Stahlträger gefesselt.

»Aua!«, rief Franzi empört. Der Strick war so eng, dass er ihr ins Fleisch schnitt.

»Jetzt könnt ihr nicht mehr fliehen«, sagte der Mann höhnisch. »Jetzt ist es aus mit der Freiheit.«

Er kam näher. Noch näher. Kim konnte seinen schlechten Atem riechen. Ein scharfer Geruch nach Zwiebeln strömte ihr entgegen. Angewidert drehte sie ihren Kopf weg. Verena wimmerte leise vor sich hin und sah auch weg. Nur Franzi

blickte den Angreifern trotzig entgegen, obwohl sie vor Angst fast gestorben wäre.
Auch die Frau kam immer näher. Beide Verbrecher bauten sich drohend vor den Mädchen auf. Jetzt waren sie nur noch ein paar Zentimeter von ihnen entfernt. Langsam hob der Mann seine Hand hoch.
»Nein, nicht!«, rief Kim.

Marie trommelte mit allen zehn Fingern aufs Handschuhfach. »Können Sie die nicht einfach überholen?«
Der Taxifahrer schüttelte den Kopf. »Viel zu eng! Ich will mein Taxi noch ein bisschen länger behalten.«
Den Eindruck hatte Marie vorher zwar nicht gehabt, aber sie schwieg. Das war so was von ungerecht! In den Fernsehkrimis hatten die Detektive nie mit so etwas Lächerlichem wie einem Stau zu kämpfen, die rasten immer volle Kanne zum Tatort. Vielleicht sollte sie besser aussteigen und die letzten tausend Meter bis zum Hafen laufen? Jetzt wusste sie ja die Straße.
In dem Moment ließ der Fahrer vor ihnen seinen Motor wieder an.
»Na also!«, sagte der Taxifahrer. »Und schon geht's weiter!«
Tatsächlich löste sich der Stau innerhalb einer Minute völlig auf und der Taxifahrer konnte sein altes Tempo wieder aufnehmen.
»Sag mal«, fragte er, lässig mit einer Hand am Lenkrad, »was ist das denn für ein Notfall?«
Marie lächelte bedauernd. »Tut mir leid, das ist streng geheim.«

»Schade«, sagte der Taxifahrer. Den Rest der Fahrt schwieg er und beschränkte sich zwischendrin auf laute Flüche zu anderen Autofahrern. Endlich erreichten sie den Hafen und da war auch schon die Silberhornstraße. Der Taxifahrer beschleunigte noch mal, dann hielt er abrupt vor einer heruntergekommenen Lagerhalle und stoppte das Taxameter.
Marie kramte in ihrem Geldbeutel und holte einen Schein heraus. »Hier, stimmt so!«
»Danke!«, sagte der Taxifahrer und freute sich über das üppige Trinkgeld. »Das muss ja wirklich ein ganz dringender Notfall sein. Ich glaube, ich bleibe besser hier und warte auf dich, falls du Hilfe brauchst.«
Marie schüttelte den Kopf. »Nicht nötig. Sie können ruhig nach Hause fahren.«
Der Taxifahrer grinste sie an. »Ich hab Zeit. Ich warte so lange, bis du wieder gesund und munter zurückkommst, okay?«
Marie zuckte mit den Achseln. Dann riss sie die Tür auf, sprang aus dem Taxi und lief auf die Lagerhalle zu. Ein schwarzer Van mit verspiegelten Scheiben stand davor. Marie notierte sich das Kennzeichen und ging weiter, während der Taxifahrer den Motor abstellte.
Auf dem Kiesweg vor dem Eingang sah Marie einen silberfarben glänzenden Gegenstand auf dem Boden liegen. Schnell bückte sie sich und hob ihn auf. Es war Kims nagelneues Handy, das sie sich mühsam von ihrem Taschengeld zusammengespart und erst vor einem Monat gekauft hatte. Jemand musste es ihr aus der Hand geschlagen haben und mit Stiefeln draufgetreten sein. Die Oberfläche des Displays

war zersplittert und das Gehäuse zerkratzt und verbogen. Marie steckte das Handy trotzdem ein und sah sich vorsichtig um.
Von Kim, Franzi und Verena keine Spur. Die Straße lag verlassen und öde da und auch die Lagerhalle wirkte von außen menschenleer. Aber Marie ließ sich davon nicht täuschen. Sie hatte das sichere Gefühl, dass Kim, Franzi und Verena dort drin waren und wahrscheinlich von dem Fahrer des Vans festgehalten wurden.
Entschlossen steuerte sie auf den Eingang der Lagerhalle zu und öffnete die Tür. Sie knarrte leicht. Marie zuckte zusammen und lauschte. Zum Glück hörte sie nichts. Schnell machte sie die Tür ganz auf und schlüpfte in die Halle. Als sie die Tür wieder geschlossen hatte, blieb sie stehen und hielt den Atem an. Innen war es ziemlich düster. Eine Taschenlampe wäre jetzt gut gewesen, aber die lag zusammen mit den anderen Teilen der Detektivausrüstung in Kims Rucksack in ihrem Zimmer. Es musste auch so gehen.
Langsam tastete sich Marie vorwärts. Plötzlich stieß sie mit dem Fuß gegen eine verrostete Autofelge. Sie wollte noch ausweichen, da war es schon zu spät. Marie stolperte und fiel der Länge nach hin. Ihr rechtes Knie schrammte gegen die harte Kante der Felge. Beinahe hätte sie vor Schmerz aufgeschrien. Im letzten Moment presste sie die Lippen aufeinander und biss die Zähne zusammen. Ihre Jeans hatte am rechten Knie ein faustgroßes Loch. Die Haut darunter hatte graue Schmutzstreifen und fing an zu bluten. Marie wurde schwarz vor Augen. Mühsam richtete sie sich auf und lehnte sich gegen einen Stahlträger. Dabei versuchte sie das verletz-

te Knie so wenig wie möglich zu bewegen. Trotzdem brannte es wie Feuer und ein scharfer Schmerz pochte unter der aufgeschürften, blutenden Haut. Marie presste den Daumen ihrer linken Hand, um sich vom Schmerz im Knie abzulenken. Sie durfte jetzt nicht aufgeben, nur das nicht!
Da hörte sie aus dem hinteren Teil der Lagerhalle eine panische Stimme, die wie ein vergifteter Pfeil mitten in ihr Herz traf. Es war Franzis Stimme.
»Hilfe!«, brüllte sie. »Hilfe!«
Ein Mann lachte höhnisch. »Oh! Hat da etwa jemand Angst?«
Marie vergaß den Schmerz in ihrem Knie. Sie vergaß alles, woran sie gerade noch gedacht hatte. In ihren Ohren hallte Franzis Schrei wie ein Echo nach, wieder und wieder.

Der Mann hielt seine geballte Faust dicht vor Franzis Gesicht. Doch plötzlich öffnete er sie wieder und strich Franzi nachlässig über die Wange. »Ich wollte dir doch nichts tun! Du bist ganz schön schreckhaft.«
Franzi sog die Luft durch ihre Vorderzähne ein. Dann wurde ihr schwindlig und furchtbar schlecht. So mies hatte sie sich noch nie in ihrem Leben gefühlt.
Kim hätte so gern Franzis Hand gedrückt, aber ihre Hände waren immer noch gefesselt. Sie konnte nur ihre Schulter an Franzis Schulter reiben und auf diese Weise versuchen, ihre Freundin zu beruhigen. Franzi lächelte Kim dankbar zu. Wenigstens war sie nicht allein!
Verena starrte inzwischen die Verbrecher mit aufgerissenen Augen an. Sie trugen nach wie vor ihre Wollmützen, die nur Augen und Mund offen ließen.

»Dann kommen wir mal zur Sache«, sagte die Frau. »Das hier ist schließlich kein gemütliches Kaffeekränzchen mit Kuchen.«
Beim Wort »Kuchen« erstarrte Kim. Im selben Augenblick traf auch Franzi die furchtbare Erkenntnis wie ein Blitz. Kein Wunder, dass ihnen die ganze Zeit die Stimme der Frau bekannt vorgekommen war. Die Frau war niemand anderes als Roswitha, die Köchin aus dem Modelhaus!
»Roswitha!«, murmelte Verena entsetzt.
Die Köchin zog ihre Mütze vom Kopf und fuhr sich durch die raspelkurzen Haare. Dabei lächelte sie Verena böse an. »Ich dachte schon, du erkennst mich gar nicht mehr, Kindchen! Dabei hab ich dich doch die ganze Zeit extra verwöhnt, damit du mir blind vertraust. Eigentlich hätte es ja schon viel früher geklappt. Du hast meinen Tee so schön brav getrunken und …«
Kim und Franzi ging ein Licht nach dem anderen auf. Verena war an dem Abend nicht nur einfach müde gewesen. Roswitha hatte ihr ein Schlafmittel in den Tee gerührt! Dann war es auch kein Zufall gewesen, dass die Köchin in Arianes Zimmer gewesen war und sich scheinbar so rührend um Verena gekümmert hatte. Und deshalb wollte sie auch nicht, dass Franzi einen Krankenwagen rief. Bevor die drei !!! sie gestört hatten, hatte sie irgendetwas Schreckliches vorgehabt. Aber was nur?
Jetzt nahm auch der Mann seine Mütze ab. Er war höchstens zwanzig und hatte ein weiches, fülliges Gesicht, das überhaupt nicht zu seiner groben Art passte. »Ja, es geht um dich, Verena!«, sagte er. »Du bist hier die Hauptperson.«

Kim und Franzi sahen Verena ängstlich an. Was meinte der Mann nur damit? Verenas Augen, die sich sonst immer so leicht mit Tränen füllten, waren jetzt völlig trocken. Dafür waren sie weit geöffnet. Kim und Franzi konnten das Weiße ihrer Augäpfel erkennen und dahinter das blanke Entsetzen spüren.

»Für alle, die es noch nicht gemerkt haben. Dies ist eine Entführung!«, sagte Roswitha. Jegliche Herzlichkeit und Wärme, die sie sonst immer ausstrahlte, war aus ihren Gesichtszügen verschwunden. »Armes reiches Kindchen!«, sagte Roswitha.

»Ich fürchte, deine Eltern werden gar nicht erfreut sein, wenn ich sie gleich anrufe.« Die Köchin zückte ihr Handy. »Aber da sie ihrer Tochter jeden Wunsch von den Augen ablesen, hoffe ich natürlich sehr, dass sie auch bereit sind, eine hübsche Summe Geld für sie zu bezahlen.«

Franzi wurde noch übler. Plötzlich bereute sie alle schlechten Dinge, die sie je über Verena gesagt hatte. Sie war zwar eine verwöhnte, unausstehliche Zicke, aber selbst wenn sie noch viel unausstehlicher gewesen wäre, hätte Franzi ihr diese schlimme Situation um jeden Preis ersparen wollen.

Verena sagte kein Wort. Kim merkte nur, dass ihre Schultern und ihr Oberkörper sich verkrampften und sie leichenblass wurde.

Roswitha kümmerte sich nicht darum. Sie tippte seelenruhig ein paar Tasten auf ihrem Handy, stellte auf »Mithören« und hielt sich das Handy ans Ohr. Mit jedem Freizeichen pochte Kims Herz doppelt so schnell. Vielleicht waren Verenas Eltern ja nicht zu Hause. Vielleicht konnte Marie sie doch

noch alle retten! Aber immer dann, wenn man sich etwas zu sehr wünscht, geht es nicht in Erfüllung.
»Frau Wagner?«, fragte Roswitha. »Wir haben Ihre Tochter Verena entführt und werden sie erst wieder freilassen, wenn Sie mir eine Million Euro übergeben haben.«
»Wer sind Sie?«, rief Verenas Mutter panisch.
Roswitha blieb ganz ruhig. »Das tut nichts zur Sache. Wir werden Ihrer Tochter kein Haar krümmen, wenn Sie meine Anweisungen befolgen. Die Geldübergabe findet morgen Punkt 21 Uhr im Hafen bei der alten Containerhalle statt. Und keine Polizei! Sonst werden Sie Ihre Tochter nicht lebend wiedersehen.«
»Verena!«, rief Frau Wagner verzweifelt. »Bist du da? Kannst du mich hören?«
Roswitha hielt Verena lächelnd den Hörer hin. »Rede mit deiner Mutter. Sag ihr, dass es dir gut geht, *noch* gut geht!«
Verena drehte ihren Kopf zum Handy und sprudelte los: »Mama? Ich bin's! Ja, es geht mir gut. Mach dir keine Sorgen. Ich bin hier in einer alten La…«
Da riss Roswitha ihr das Handy weg und kappte die Verbindung. »Das würde dir so passen, Kindchen!«

Marie in der Höhle des Löwen

Maries Knie blutete immer noch. Sie brauchte dringend ein Pflaster oder einen Verband, bevor sie etwas anderes tun konnte. Mit schmerzverzerrtem Gesicht robbte Marie Zentimeter für Zentimeter auf das kleine Büro zu. Vielleicht gab es dort ja einen Verbandskasten. Als sie endlich die Tür erreicht hatte, keuchte sie vor Anstrengung und Schweißperlen rannen ihr über die Stirn. Mit letzter Kraft zog sie sich an der Stahltür hoch und humpelte in das Büro hinein. Stöhnend ließ sie sich auf einen Stuhl fallen, um erst mal zu verschnaufen. Dann sah sie sich um. An den schmutzigen Glaswänden hingen nur ein vergilbter Kalender und eine Uhr, deren schwarze Zeiger bei zwei Minuten nach zwölf Uhr stehen geblieben waren. Maries Blick irrte weiter. Eine Schublade des Tischs stand halb offen. Leider lagen nur ein paar Papiertaschentücher und eine Bonbonrolle darin. Es wäre auch zu schön gewesen, wenn sie hier rein zufällig ein Pflaster gefunden hätte. Sie musste eine andere Lösung finden, und zwar schnell. Plötzlich hatte Marie die Idee: Sie riss sich den Seidenschal vom Hals und band ihn sich um ihr rechtes Knie. Die kurze Berührung brannte höllisch. Marie zog den Schal fester und verknotete ihn, um den Schmerz zu betäuben und die Blutung zum Stillstand zu bringen. Nach ein paar Sekunden tat es endlich ein bisschen weniger weh. Marie konnte wieder klar denken.

Sie lauschte, hörte aber keine Schreie mehr, sondern nur halblautes Gemurmel aus dem hinteren Teil der Lagerhalle.

Marie konzentrierte sich auf die verschiedenen Stimmen und konnte eine Frauen- und eine Männerstimme heraushören. Die Verbrecher waren also zu zweit. Mit Sicherheit hatten sie Franzi, Kim und Verena gefesselt. Also war sie alleine gegen zwei erwachsene Angreifer, die denkbar ungünstigste Situation, die sie sich vorstellen konnte. Trotzdem musste sie jetzt handeln, und zwar dringend! Als sie versuchte, wieder aufzustehen, spürte sie in ihrer Hosentasche die harten Kanten von Franzis Handy. Und sofort wusste sie, was sie als Allererstes tun musste: Kommissar Peters anrufen! Zum Glück hatte Franzi die Nummer in ihrem Adressbuch gespeichert. Marie drückte die Taste im Menü und hielt sich das Handy dicht ans Ohr.
»Hier Kommissar Peters«, meldete sich die vertraute Stimme.
Marie flüsterte so leise wie möglich: »Hallo! Hier ist Marie.«
»Wer ist da?«, fragte der Kommissar. »Bitte sprechen Sie lauter! Ich kann Sie nicht verstehen.«
»Hier ist Marie von den drei !!!«, sagte Marie etwas lauter. »Wir brauchen Ihre Hilfe. Bitte kommen Sie so schnell wie möglich in die Silberhornstraße 6 in die Lagerhalle. Zwei Verbrecher halten Kim, Franzi und ein anderes Mädchen fest.«
In der Leitung war kurzes Schweigen. Dann räusperte sich der Kommissar. Mittlerweile war er solche Anrufe von den drei !!! gewohnt und wusste, dass sie ihn niemals einfach nur aus Spaß kommen ließen. »Gut«, sagte er. »Unternehmt nichts Gefährliches und wartet auf Polizeimeister Conrad und mich. Spätestens in zehn Minuten sind wir da.«

»Danke«, flüsterte Marie und unterbrach die Verbindung. Gerade als sie das Handy wieder in ihre Hosentasche steckte, hörte sie, wie der fremde Mann aufgeregt rief: »Es ist noch jemand hier! Ich hab eine Mädchenstimme gehört.«
Maries Puls fing an zu rasen. Panisch sah sie sich um, wo sie sich am besten verstecken konnte. Nur der Schreibtisch neben der Tür bot eine Deckung, allerdings keine besonders gute. Marie hatte keine Wahl. So schnell ihr schmerzendes Knie es zuließ, lief sie hinter den Schreibtisch, bückte sich und kauerte sich am Boden zusammen.
Da kamen auch schon eilige Schritte näher, Schritte in Stiefeln. Zuerst liefen sie ziellos in der Lagerhalle herum, aber dann steuerten sie auf das Büro zu.
»Ist hier jemand?«, rief der Mann und trommelte gegen die Glaswand.
Maries Herz hämmerte gegen ihre Rippen. Sie verschanzte sich noch tiefer hinter dem Schreibtisch und wartete. Mehr konnte sie nicht tun.
Der Mann blieb vor dem Büro stehen. Dann hörte Marie wieder seine Schritte. Die Eisentür knarrte. Jetzt war der Mann im Büro. Seine schwarzen Stiefel standen nur wenige Zentimeter vor Marie. Durch eine Lücke im Schreibtisch konnte sie die Stiefel genau sehen. Sie hatten dicke Profilsohlen und waren bis zum Knöchel geschnürt. Springerstiefel!
Der Mann atmete heftig und stoßweise. Wie ein Raubtier nahm er die Witterung auf und schien zu spüren, dass er nicht alleine im Raum war. Marie liefen eiskalte Schauer über den Rücken. Der Mann machte einen Schritt zur Seite,

dann noch einen. Zwei Schritte weg vom Schreibtisch, auf die Glaswand mit dem Kalender zu.
Jetzt oder nie!, dachte Marie. Blitzschnell robbte sie hinter dem Schreibtisch hervor, stürzte zur Tür, lief hinaus und knallte die Stahltür hinter sich zu.
»Stopp!«, brüllte der Mann von innen, aber da hatte Marie schon den eisernen Riegel vorgeschoben. Der Mann rüttelte an der Stahltür. »Lass mich raus hier! Sofort!«
Marie dachte nicht daran. Sie lehnte sich mit dem Rücken gegen die Stahltür und konnte es noch gar nicht glauben, was sie gerade geschafft hatte.
»Mach auf!«, brüllte der Mann. »Sonst kannst du was erleben!« Jetzt erschien sein Gesicht an der Glaswand und starrte Marie wutentbrannt an.
Marie wollte sich wegdrehen, aber irgendetwas hinderte sie daran. Den Mann kannte sie doch! Wo hatte sie ihn bloß schon mal gesehen?
»Aufmachen!« Der Mann wurde immer lauter.
Plötzlich wurde Marie klar, wie gefährlich das war. Spätestens jetzt hatte die Frau ihren Komplizen gehört und würde sicher gleich kommen, um nachzusehen. Marie machte auf dem Absatz kehrt. Plötzlich fühlte sie sich viel stärker. Ihr Knie tat kaum noch weh und ihre Hände hatten aufgehört zu zittern. Jetzt gab es nur noch einen Gegner! Marie holte tief Luft und ging zum hinteren Teil der Lagerhalle.
Plötzlich hörte sie wieder Franzis Stimme. Sie klang zum Glück viel selbstbewusster als vorhin. »Geben Sie endlich auf!«, rief Franzi. »Gleich kommt die Polizei und holt uns hier raus.«

»Genau!«, sagte Kim. »Unsere Freundin hat sie verständigt.« Marie musste wieder grinsen. Sie wusste, wie ungern Kim log, aber diesmal sagte sie ja die Wahrheit, ohne es zu wissen.
»Haltet gefälligst den Mund, alle beide!«, rief die Frau.
Marie erstarrte und blieb abrupt stehen. Das war ja Roswitha, die Köchin! Was in aller Welt machte sie hier? Dann flimmerte ein Foto vor Maries Augen. Auf einmal sah sie es gestochen scharf vor sich: das Foto von Roswithas Familie, ihren sympathischen Mann mit dem Schnurrbart, den fröhlichen Mischlingshund und ihren pummeligen Sohn. Genau diesen Sohn hatte sie soeben im Büro eingesperrt und leider trommelte er gerade wieder gegen die Stahltür.
»Bin sofort zurück!«, sagte Roswitha. Und bevor Marie reagieren konnte, tauchte sie hinter einem Stahlträger auf.
Marie suchte verzweifelt den Boden ab. Da lag eine Kabelrolle. Marie bückte sich blitzschnell danach und warf das Kabel Roswitha vor die Füße.
»Aaah!«, brüllte die Köchin, rutschte aus und knallte auf den Boden. Während sie vor Schmerzen schrie und ihre Beine befreien wollte, schnappte sich Marie ein Kabelende, stürzte auf Roswitha zu und wickelte ihr das Kabel um Arme und Hände.
»Was soll das?«, protestierte Roswitha und strampelte wild mit den Beinen. »Hör sofort auf damit!«
Marie dachte nicht daran. Sie wickelte das Kabel um die Köchin und verschnürte sie samt Armen, Händen, Brust und Beinen wie ein Paket. Endlich hörte Roswitha auf zu strampeln. Hasserfüllt starrte sie Marie an und zischte: »Das wirst du noch bereuen!«

»Darauf kannst du lange warten«, sagte Marie. Dann ließ sie die Köchin liegen und stürmte zu ihren Freundinnen. Sie waren zu dritt an einen Stahlträger gefesselt und schrien auf, als sie Marie sahen.
»Du hier!« – »Endlich!« – »Wie hast du das bloß geschafft?«
»Erzähl ich euch später«, sagte Marie, holte ihr Taschenmesser heraus und durchtrennte die Fesseln der drei Mädchen. Kim, Franzi und Verena rieben sich stöhnend ihre Handgelenke und rappelten sich mühsam vom Boden hoch.
»Alles okay bei euch?«, fragte Marie.
»Klar«, sagten Kim und Franzi wie aus einem Mund. Sie grinsten und Verena brach in Tränen aus.
In dem Moment heulten Polizeisirenen auf, ein Wagen hielt mit quietschenden Bremsen vor der Lagerhalle und dann waren Kommissar Peters und Polizeimeister Conrad auch schon zur Stelle. Zehn Minuten später hatten die drei !!! alle Details der Entführung erzählt und Polizeimeister Conrad hatte der Köchin und ihrem Sohn Handschellen angelegt.
»Sie sind vorläufig festgenommen wegen dringenden Verdachts auf Entführung und Lösegelderpressung«, sagte Kommissar Peters.
Roswitha lief knallrot an und schimpfte auf ihren Sohn ein: »Das ist alles deine Schuld! Du hast es vermasselt. Ich hätte dich nie mitnehmen dürfen.«
»Klar«, sagte ihr Sohn. »Im Zweifelsfall bin immer ich schuld oder irgendjemand anderes. Du bist ja nur das arme, bemitleidenswerte Opfer.«
»Genau!«, rief Roswitha. »Das ging schon in der Schule los. Wie ich Annabelle gehasst habe, meine *beste* Freundin! Im-

mer hatte sie die besseren Noten und doppelt so viel Taschengeld wie ich. Immer war sie schlanker, toller und beliebter bei den Jungs. Und was hatte ich? Sieben Geschwister zu Hause, keinen Cent in der Tasche, und in der Schule haben mich alle gehänselt, nur weil ich ein paar Pfunde mehr auf den Hüften hatte. Ich hab immer um alles kämpfen müssen. Mir hat keiner was geschenkt. Kein Wunder, dass ich nie auf einen grünen Zweig gekommen bin! Sie dagegen, die schöne Annabelle, der haben sie natürlich alles nachgeworfen und …«

»Das reicht jetzt«, unterbrach Kommissar Peters den Redeschwall der Köchin. »Das können Sie später alles lang und breit im Präsidium erzählen! Jetzt kommen Sie erst mal mit.« Er lächelte den drei !!! anerkennend zu. »Gut gemacht! Ich bin stolz auf euch. Mein Kollege ruft euch gleich ein Taxi, das euch sicher nach Hause bringt.«

Plötzlich räusperte sich jemand hinter ihm. »Wenn Sie nichts dagegen haben, Herr Kommissar, übernehme ich das. Mein Taxi steht draußen, ich hab das blonde Mädchen hergebracht.«

Marie musste grinsen. Der Taxifahrer war wirklich hartnäckig – und offenbar ziemlich neugierig. Bestimmt würde er sie die ganze Rückfahrt über mit Fragen löchern.

Kommissar Peters sah Marie fragend an, doch als sie nickte, stimmte er zu. »Gut, vielen Dank!« Er steckte dem Taxifahrer einen Geldschein zu und drehte sich wieder zu Verena um. »Bei dir ist wirklich alles okay? Willst du nach Hause oder doch lieber erst zu einem Arzt?«

Verena wischte sich die Tränen aus dem Gesicht und schüttelte den Kopf. »Danke, mir geht es gut. Ich will nach Hause zu meinen Eltern. Die kommen bestimmt schon um vor lauter Sorgen.«

Kommissar Peters nickte. »Also dann! Ich melde mich bei euch. Bis später!«

»Bis später!«, sagte Marie und winkte, da vibrierte plötzlich das Handy in ihrer Hosentasche. Wer war das denn jetzt? Noch bevor Marie ihren Namen sagen konnte, redete Betty auch schon auf sie ein. »Hallo, Franzi! Ist Marie bei dir? Ich muss dringend mit ihr reden.«

»Ich bin selber dran«, sagte Marie.

»Super!«, sagte Betty. »Ich muss dir was ganz Wichtiges erzählen!«

Die große Show

»Ich bin jetzt dein Klammeraffe und lass dich nie mehr los!«, flüsterte drei Wochen später Holger Marie ins Ohr und schlang seine Arme fest um sie.
Marie bekam keine Luft mehr. »Hör auf mit dem Quatsch!«, sagte sie kichernd.
»Warum denn Quatsch?«, fragte Holger verwundert. »Ich dachte, du magst seit Neuestem Klammeraffen. Das hast du mir doch beim Abschied selbst gesagt.«
Marie befreite sich aus Holgers Umklammerung. »Hab ich das wirklich gesagt? Hör nicht auf mich, ich rede viel, wenn der Tag lang ist, und außerdem sind wir nicht allein!« Sie deutete auf die gegenüberliegende Seite des riesigen, weißen Ledersofas im Wohnzimmer ihres Vaters, auf dem Kim und Franzi saßen, und war sogar ziemlich froh, dass ihre Freundinnen da waren. Das Wiedersehen mit Holger war nicht so wunderwunderschön gewesen, wie sie es sich vorgestellt hatte. Sie hatte ihn so lange nicht gesehen, und plötzlich war er ihr richtig fremd. Hoffentlich würde das bald vorbeigehen, sonst wurde sie noch verrückt!
»Auf uns musst du keine Rücksicht nehmen«, sagte Kim. Ihre Augen leuchteten dabei. Seit Langem sah sie wieder richtig glücklich aus.
Franzi nickte. »Wir kommen schon damit klar. Außerdem hab ich gerade eine SMS von Benni bekommen. Er findet, unsere Auszeit hat lang genug gedauert, und will sich morgen mit mir zum Skaten treffen.«

»Und?«, fragte Marie. »Gehst du hin?«
Franzi spielte mit den Fransen der Wolldecke, die neben ihr auf dem Sofa lag, und lächelte. »Ich glaub schon …«
»Sehr gut!«, sagte Kim. »Du wirst sehen, das kommt schon wieder in Ordnung bei euch. Das Wichtigste in einer Freundschaft ist, dass man miteinander redet!«
Marie musste grinsen. »Ach, wirklich?«, fragte sie spöttisch. »Ich kenn da eine Freundin, die wollte nie mehr mit ihrem Freund reden, nur weil er ein paar Tage ihren Schlüsselanhänger nicht mehr getragen hat.«
Kim wurde knallrot. »Ich konnte doch nicht wissen, dass er ihn nur zu Hause verlegt hatte«, verteidigte sie sich. »Das war ihm so peinlich, dass er es mir nicht erzählen wollte. Zum Glück hat er den Anhänger dann doch noch gefunden, er lag in der Schublade unter seinen Socken.« Im Nachhinein verstand Kim selber nicht mehr, warum sie so überreagiert hatte. Sie war völlig verzweifelt gewesen und hatte einfach den Kopf verloren. So was würde ihr in Zukunft bestimmt nicht mehr passieren!
»Warum hast du Michi eigentlich nicht mitgebracht?«, wollte Franzi wissen.
»Er hat leider keine Zeit, weil er in der Eisdiele jobben muss«, sagte Kim. »Aber er lässt euch herzlich grüßen.«
Da räusperte sich Holger. Er fühlte sich ein bisschen vernachlässigt, weil die Mädchen nur über Insiderthemen redeten.
»Wann geht denn jetzt eigentlich eure Topmodel-Sendung los?«, fragte er.
Marie sah auf ihre Armbanduhr und ließ einen Schrei los.

»In zwei Minuten!« Sofort stürzte sie zum Fernseher und schaltete ihn ein. Da ertönte auch schon die coole Titelmusik zur ersten Folge der Staffel und Janneke stolzierte über einen weißen Laufsteg, umjubelt von Fashion-Victims. Dann tauchten der Reihe nach die Kandidatinnen aus dem Modelhaus auf und sagten lächelnd ihren Namen in die Kamera.
»Da bist du, Marie!«, kreischte Kim.
»Wow, siehst du toll aus!«, rief Franzi mindestens genauso laut.
Marie hielt sich kurz die Ohren zu und lachte. »Ich bin nicht taub!«
In Wirklichkeit war sie stolz wie Oskar, sich selber im Fernsehen zu sehen. Tief in ihrem Herzen bedauerte sie es sehr, dass sie bereits nach der zweiten Woche ausgeschieden war. Weil sie das wichtige Abendmoden-Casting nicht mitgemacht hatte, hatte die Jury entschieden, dass sie gehen musste. Gleiches Recht für alle Mädchen, war die Begründung gewesen. Marie fand sie zwar ziemlich lächerlich, aber sie konnte nichts dagegen machen. Dafür waren Ariane und Luzie noch dabei und hatten die Chance, das nächste Topmodel zu werden.
Inzwischen begann die erste Folge. Es gab tolle Szenen von der Ankunft im Modelhaus und lustige Ausschnitte vom ersten Laufstegtraining.
»Eins musst du mir noch verraten«, sagte Kim. »Wie konntest du in diesen Wahnsinns-Stöckelschuhen überhaupt laufen? Ich würde keine zwei Schritte damit überstehen.«
Marie zuckte mit den Schultern. »So schwer ist das gar nicht,

ich hab ja selber auch ein paar Schuhe mit höheren Absätzen, und außerdem hab ich vorher zu Hause geübt.«
»Aber das muss doch wehtun, oder?«, fragte Franzi.
»Es ist die Hölle!«, gab Marie zu und alle lachten. »Zum Glück musste ich bei der Mailänder Modewoche flache Zehensandalen tragen. Trotzdem hat mein rechtes Knie ziemlich wehgetan.« Mittlerweile war ihre Schürfwunde aber gut verheilt.
Kim und Franzi sahen ihre Freundin bewundernd an. Sie hatte ihnen schon ausführlich von ihrem ersten Modeljob erzählt, aber sie konnten gar nicht genug davon hören, obwohl sie ja eigentlich die Modelbranche ziemlich hohl fanden. Trotzdem wären sie natürlich auch wahnsinnig gern nach Mailand geflogen.
Nach den Bildern vom Laufstegtraining kamen die einzelnen Bewerberinnen zu Wort. Maries Bewerbungsvideo kannten Kim und Franzi ja schon, aber die der anderen Mädchen noch nicht.
Plötzlich erschien Bettys Gesicht in Großaufnahme auf dem Flachbildschirm »Hi, ich bin Betty! Ich will unbedingt das nächste Topmodel werden. Model sein ist mein ganz großer Traum. Dafür tu ich alles, wirklich alles!« Sie presste die Lippen aufeinander und sah so entschlossen in die Kamera, als würde sie kurz vor einem Boxkampf stehen.
»Mann, ist die aber verbissen!«, sagte Franzi.
Marie nickte. »Das ist mir im Modelhaus komischerweise gar nicht aufgefallen. Inzwischen wissen wir ja, dass sie wirklich um jeden Preis gewinnen wollte. Ich hätte nie gedacht, dass sie die ganzen schrecklichen Dinge getan hat und Ariane

und Luzie ausbooten wollte, nur weil Janneke sie mehr gelobt hat.«
»Schrecklich!«, murmelte Kim.
»Was ist denn aus ihr geworden?«, wollte Holger wissen.
»Sie hat der Jury alles gestanden und Luzie und Ariane um Verzeihung gebeten«, erzählte Marie. »Das war noch am selben Tag, als wir Roswitha geschnappt haben. Betty hat mich sogar extra angerufen und sich auch bei mir entschuldigt. Und sie ist freiwillig ausgeschieden.«
Franzi verzog verächtlich den Mund. »Das war aber auch das Mindeste, was sie tun konnte, um ihre Aktionen wenigstens einigermaßen gutzumachen. Ich fasse es immer noch nicht, dass sie auch noch Verena alles in die Schuhe schieben wollte.«
»Und wir sind sogar noch darauf reingefallen!«, sagte Kim.
Marie nickte. Dann musste sie grinsen. »Die Jury ist aber auch ganz schön reingefallen: Nicht mal Giovanni hat gemerkt, dass ihr gar keine echten Stylistinnen seid!«
»Erinnere mich bloß nicht daran!«, stöhnte Kim. »Ich bin tausend Tode gestorben. Das war wirklich das allerletzte Mal, dass ich im Showbiz ermittle!«
Franzi kicherte. »Sag niemals nie!«
»Ihr seid wirklich ein toller Detektivclub!«, mischte sich Holger ein und sah Marie bewundernd an. Dann legte er den Arm um sie. Sofort hatte Marie wieder das Gefühl, keine Luft zu bekommen. Da klingelte ihr Handy, das sie neben den Colagläsern auf dem Couchtisch abgelegt hatte.
»Sorry«, sagte sie. »Das könnte was Wichtiges sein.«
Holger nahm nur ungern seinen Arm weg. »Ein neuer Fall?«

»Gut möglich«, sagte Marie und ging ran.
»Hallo, Marie! Hier ist Kommissar Peters. Ich wollte euch nur kurz die letzten Neuigkeiten unserer polizeilichen Ermittlungen durchgeben. Roswitha hat endlich ein umfassendes Geständnis abgelegt. Sie hat den engen Kontakt zu ihrer besten Freundin Annabelle ausgenutzt, sie ausgehorcht und erfahren, dass ein außerordentlich reiches Mädchen, eure Verena, unter den Bewerberinnen ist. Sie hat so lange ihre Freundin bekniet, bis sie sie als Köchin bei der Show eingestellt hat, obwohl dafür eigentlich kein Geld vorgesehen war. Dann hat sie zusammen mit ihrem Sohn die Entführung von langer Hand geplant, wobei er zum ersten Mal straffällig wurde.«
Marie pfiff durch die Zähne. »Das ist ja ein Ding! Darauf wären wir nie gekommen. Roswitha war immer so freundlich und hilfsbereit.«
»Tja«, sagte der Kommissar. »So kann man sich täuschen. Ach, übrigens, bevor ich es vergesse: Ich hab eine Belohnung für eure tolle Arbeit – ihr dürft kostenlos beim nächsten Detektiv-Workshop der Polizei mitmachen. Den Gutschein dafür könnt ihr jederzeit bei mir im Präsidium abholen. Wenn ihr wollt, noch heute.«
»Tausend Dank!«, sagte Marie. »Wir kommen bald vorbei. Aber heute haben wir leider keine Zeit. Wir müssen nämlich dringend auf unseren Erfolg anstoßen und unseren 15. Fall feiern!«

Die drei !!! Clevere Girls knacken jeden Fall!

Entdecke „Die drei !!!“ unter ***diedreiausrufezeichen.de***

- ☐ Die Handy-Falle
- ☐ Betrug beim Casting
- ☐ Gefährlicher Chat
- ☐ Gefahr im Fitness-Studio[e]
- ☐ Tatort Paris[e]
- ☐ Skandal auf Sendung[e]
- ☐ Skaterfieber
- ☐ Vorsicht, Strandhaie![e]
- ☐ Tanz der Hexen
- ☐ Kuss-Alarm[e]
- ☐ Popstar in Not
- ☐ Gefahr im Reitstall
- ☐ Spuk am See[e]
- ☐ Duell der Topmodels
- ☐ Total verknallt![e]
- ☐ Gefährliche Fracht[e]
- ☐ VIP-Alarm
- ☐ Teuflisches Handy
- ☐ Beutejagd am Geistersee
- ☐ Skandal auf der Rennbahn
- ☐ Jagd im Untergrund
- ☐ Undercover im Netz
- ☐ Fußballstar in Gefahr
- ☐ Herzklopfen![e]
- ☐ Tatort Filmset
- ☐ Vampire in der Nacht
- ☐ Achtung, Promihochzeit!
- ☐ Panik im Freizeitpark
- ☐ Falsches Spiel im Internat
- ☐ Betrug in den Charts
- ☐ Party des Grauens
- ☐ Küsse im Schnee[e]
- ☐ Brandgefährlich!
- ☐ Diebe in der Lagune
- ☐ SOS per GPS
- ☐ Mission Pferdeshow
- ☐ Stylist in Gefahr
- ☐ Verliebte Weihnachten
- ☐ Achtung, Spionage!
- ☐ Im Bann des Flamenco
- ☐ Geheimnis der alten Villa
- ☐ Nixensommer
- ☐ Skandal im Café Lomo!
- ☐ Tatort Geisterhaus
- ☐ Filmstar in Gefahr
- ☐ Unter Verdacht
- ☐ Die Maske der Königin
- ☐ Skandal auf dem Laufsteg
- ☐ Freundinnen in Gefahr
- ☐ Krimi-Dinner
- ☐ Das rote Phantom
- ☐ Hochzeitsfieber!
- ☐ Klappe und Action!

Die neue Detektiv-Spiel App

€/D 3,59 (iOS)
€/D 2,99 (Android)

kosmos.de Alle Bücher auch als E-Book erhältlich [e] nur als E-Book erhältlich